「ふふっ。ご主人様の
よ・く・ば・り……」
人様。ウチの
よくら、どうっすか？」
田井中樹里　たいなかじゅり
啓太に懐いている高校の元気系後輩。
距離感が近く、フレンドリーに胸を押し付けてくる。
ゲームが大好きで、啓太の家に遊びにくることも。

文化祭の劇で啓太の
パートナーになるのは可憐なお姫様？
牧 小未美 まき こみみ
啓太のクラスメイトで女友達。
トラブルを引き寄せる残念体質。
蛇川飛鳥 へびかわ あすか
啓太たちのアパートに引っ越してきた自称・啓太の許嫁。
啓太とは幼少期に会ったことがあるらしい……？

それとも
可愛いお犬様!?
田中啓太　たなか けいた
アパートで独り暮らしをしている高校2年生。
隣人である雪菜先輩の毒舌とプロレス技に翻弄されつつ、
壁越しに聞こえてくるデレに悶絶する日々を送る。
難波雪菜　なんば ゆきな
啓太のアパートのお隣さんで、誰もが認める才色兼備な美少女先輩。
しかし何故か啓太にだけは素直になれず毒舌気味。
壁越しのデレを啓太に聞かれていることには気づいていない。

「お願い……して？」
雪菜先輩はゆっくりと目を閉じた。

毒舌少女はあまのじゃく２

～壁越しなら素直に好きって言えるもん！～

上村夏樹

HJ文庫
904

口絵・本文イラスト　みれい

壁越しなら素直に好きって言えるもん！

DOKUZETSU SHOJO HA AMANOJAKU

毒舌少女はあまのじゃく 2

第一章　赤髪少女の秘密と過去

DOKUZETSU SHOJO HA AMANOJAKU

【雪菜《ゆきな》先輩《せんぱい》とボクっ娘《こ》】


「はぁぁぁぁ……」

放課後、俺《おれ》はアパートの自室の前で盛大に嘆息《たんそく》した。ため息の原因は例の赤髪《あかがみ》少女である。

『ボクは蛇川《へびかわ》飛鳥《あすか》。けーたの許嫁《いいなずけ》だよ』

あのとき、彼女《かのじょ》はたしかにそう言った。

俺は結婚《けっこん》の約束はおろか、飛鳥という人物と面識さえない。許嫁なんてフィクションだ。

仮に彼女が嘘《うそ》をついているとしても、何か理由があるはずだけど……。

「いずれにせよ、真実を突《つ》き止《と》めなきゃ……雪菜先輩も怒《おこ》っているだろうし」

嫉妬《しっと》する雪菜先輩はたしかに可愛《かわい》いけど、無駄《むだ》に心配はかけたくない。早く身の潔白を証明しなければ。

ドアノブを回すと、がちゃりと音がした。鍵《かぎ》が開いているのは雪菜先輩が部屋にいるからだろう。

「ただいまー」

挨拶《あいさつ》しながら部屋に上がると、鋭《するど》い視線に射貫《いぬ》かれた。それも二人ぶんである。

「おかえりなさい、下僕《げぼく》。待ちくたびれたわ」

不機嫌《ふきげん》そうに返事をしたのは制服姿の雪菜先輩だった。彼女はベッドに腰《こし》かけて足を組んでいる。

もう一人の視線の主に目を向ける。

フローリングには赤髪ツインテールの少女、蛇川飛鳥が座《すわ》っていた。上は黒いパーカー、下は白いスカート姿だ。

「おかえり、けーた。ボクもお邪魔《じゃま》してるよ」

飛鳥が微笑《ほほえ》むと、雪菜先輩の表情が見る見るうちに険しくなる。

「飛鳥ちゃん。本当に邪魔だから帰ってくれると嬉《うれ》しいわ」

「雪菜さんこそ、早く帰ってくれない？　けーたはね、ボクとひさしぶりに楽しくおしゃべりしたいに決まってるんだから。邪魔はそっちだよ」

「あら。勘違《かんちが》いも甚《はなは》だしいわね。啓太《けいた》くんは私の調教を楽しみに下校してきたのよ？　あなた、この豚《ぶた》のことを何も理解していないのね」

「豚とか意味わかんないんだけど。いいから早く帰ってよ、泥棒猫《どろぼうねこ》」

「あなたが帰りなさい。何よ、その赤髪。返り血でも浴びたの？」

「雪菜さんこそ、何その黒髪《くろかみ》。頭から墨汁《ぼくじゅう》かぶったの？」

「喧嘩《けんか》を売っているのかしら？」

「それはこっちのセリフなんですけど？」

ばちばちばちばちばちぃ！

二人の視線がぶつかり合い、火花が散った。俺の部屋でバトルするのは勘弁《かんべん》してほしい。

「ちょっと二人とも。喧嘩はやめ……」

「黙《だま》ってて！　このクソ豚ぁッ！」

「は、はいっ！　だっ、黙りますブヒィ！」

雪菜先輩の迫力《はくりょく》に負けて、俺は慌《あわ》てて口を閉ざして正座した。どうも、田中《たなか》啓太あらため豚中《ぶたなか》啓太です。

「啓太くん。飛鳥ちゃんとはどういう関係なのかしら？」

そう問いただす雪菜先輩の目は人殺しのそれだった。ありゃ五人は殺《や》ってるな、うん。

「その……飛鳥には悪いんだけど、俺、君のこと記憶《きおく》にないんだ」

俺はおそるおそる飛鳥を見て正直に答えた。

彼女は少し残念そうな顔をしている。

「……そっか。まぁ幼稚園《ようちえん》の頃《ころ》の話だからね。けーたが忘れるのも無理ないよ」

「うん。本当にごめん」

「いいよ。忘れているのなら思い出させてあげる」

そう言って、飛鳥は思い出を語り始めた。

その昔、俺と飛鳥は同じ幼稚園に通っていたらしい。

飛鳥は今と違《ちが》い、とても引っ込み思案だったそうだ。その大人《おとな》しい性格のせいで友達ができず、いつも一人で積み木やお絵描《えか》きで遊んでいたんだとか。

ある日、飛鳥はみんなが仲良く外で遊んでいるのを室内から眺《なが》めていた。

――ボクもお友達と遊びたいな。

飛鳥はそう思ったが、恥《は》ずかしくて声をかけられずにいた。

そんなとき、飛鳥に声をかけたのが俺らしい。

『いっしょに泥《どろ》だんご作ろうぜ？　一番かたくてピカピカの作ったヤツがゆーしょーな！』

俺は泥だらけの手で飛鳥の手を引っ張り、強引《ごういん》に友達の輪に入れた。それがきっかけで、飛鳥にもたくさん友達ができたそうだ。

……と、ここまで話を聞いたが、やはり記憶にはない。

「けーた、すごく優《やさ》しかったんだ。『この子と仲良くしてあげて！』って、みんなにボクを紹介《しょうかい》してくれたの。すごく嬉しかったなぁ」

飛鳥は「大切な思い出だよ」と穏《おだ》やかな笑《え》みを浮《う》かべた。

「そんな優しいけーたにボクは恋《こい》をした。だけど、引っ込み思案な性格が邪魔して気持ちを伝えられずにいたんだ」

「でも、思い切って告白したんでしょ？」

尋《たず》ねると、飛鳥はこくりとうなずいた。

「卒園式の日、ボクは勇気を出してけーたに言った。『ボクと一緒《いっしょ》に毎朝同じ食卓《しょくたく》でお味《み》噌汁《そしる》飲みませんか？』って」

「告白っていうかプロポーズだな……で、当時の俺はなんて言ったの？」

「受け入れてくれたよ。『ごはんと焼きジャケも忘れちゃいけないよ！』って返事をもらったんだ」

「当時の俺、園児にしては朝食のチョイス渋《しぶ》くね？」

まぁそれはいいとして、やっぱり記憶にないな。

……って、ちょっと待ってくれ。

「なぁ飛鳥。たぶん当時の俺は、それがプロポーズだと思ってなかったんじゃないか？」

「何それ。どういう意味？」

「毎朝同じ食卓を囲む＝『結婚』の意味だと理解していなかったってこと」

幼稚園児の俺にそんな理解力はない。おそらく、ただ友達と一緒にご飯を食べたいと思っただけだ。

「ふふっ。事実がハッキリしたわね」

今まで黙って話を聞いていた雪菜先輩がニヤリと笑った。

「飛鳥ちゃん。あなたのプロポーズは無効よ」

「はぁ？　どうして？」

「馴《な》れ初《そ》め、そしてプロポーズ……これだけ印象に残るエピソードを聞いたというのに、啓太くんは何も覚えていないのよ？　これはどういうことかしらね。あなたが話を捏造《ねつぞう》した、あるいは勘違いだった可能性も否定できないわ」

「そっ、そんなことない！　けーたはボクと……」

「それだけじゃない。仮にあなたの話が本当だったとしても、啓太くんはあなたの告白をプロポーズだと認識《にんしき》していなかった。つまり、双方《そうほう》の合意がなかったってことよ。そんな状況《じょうきょう》で、はたして許嫁を名乗る資格があなたにあるかしらね？」

雪菜先輩は「はい論破ー！」といわんばかりのドヤ顔だった。敵には容赦《ようしゃ》ないな、この人。

「ね、ねぇ！　けーた、本当にボクのこと忘れちゃったの？」

飛鳥は瞳《ひとみ》を潤《うる》ませて俺を見た。今にも泣きそうな顔をしていて、正直に「そもそも知らんがな」とは言いにくい。

「えっと、その、忘れたっていうか……」

「そんなの嫌《いや》！　思い出してよぅ！」

飛鳥は俺に近づき、取っ組み合うように肩《かた》を掴《つか》んできた。女性にしては腕力《わんりょく》があり、引《ひ》き離《はな》すことができない。

「お、落ち着けって、飛鳥。頼《たの》むから離れてくれ」

「絶対に嫌！　けーたが思い出してくれるまで死んでも離さない！　文字通り、この命が朽《く》ちようともッ！」

「嫌だよ、そんなホラー展開！　とりあえず、落ち着いて話し合いをしよう。な？」

「ボクは話したもん！　次はそっちが思い出す番だよ！」

「なっ……このわからずや！　こうなったら力ずくで……うわっ！」

「きゃっ！」

どたーん。

揉《も》み合《あ》いになり、俺と飛鳥は重なるようにして倒《たお》れた。

むにゅん。

右手に柔《やわ》らかい感触《かんしょく》。手のひらサイズの大きさの何かを掴んだらしい。生温かくて、ちょっぴり湿《しめ》っている。ふにゃふにゃ触感《しょっかん》のこれはいったい……？

手元に視線を向ける。

俺の右手は飛鳥のスカートの中にゴールインしていた。

ぎゃあああああ！

こ、これはシャレにならないラッキースケベ……うん？

おかしいぞ。スカートの中に、こんな手に馴染《なじ》む大きさのモノがあるはずない。

股間《こかん》についた、手のひらサイズの生温かいモノ。

こ、これは……女の子の股間に『おいなりさん』がついているぅぅぅ⁉

「はぁっん……っ！」

飛鳥のぷっくりした唇《くちびる》から嬌声《きょうせい》が漏《も》れ、俺はようやく我に返った。

俺は慌ててスカートの中から手を引っこ抜《ぬ》いた。

「おおおおおいっ！　飛鳥、お前……股間に息子《スモール・エレファント》飼ってるやんけ……！」

「だ、だめだよ。ボク、『アソコ』はあんまり自信ないよ、けーた……」

飛鳥は頬を赤らめ、長いまつ毛を濡《ぬ》らして俺を見つめている。

……ちょっと叫《さけ》んでもいいかな？

飛鳥ぁぁぁ！　お前、男の娘《こ》だったのかよぉぉぉぉ！

たしかに女子にしては腕力あったさ！　でも、見た目は完全に美少女だぞ⁉　普通《ふつう》は男だって思わないよ！

あと「自信ない」ってどういう意味だよ！　別に期待してねぇわ！　揉んだのは偶然《ぐうぜん》だし、飛鳥のソレを求めていたわけじゃないからね⁉

ただ、これだけは素直《すなお》に認めよう……涙目《なみだめ》の飛鳥の顔、すごく可愛いと！

……などと叫ぶと、雪菜先輩の一本背負いが炸裂《さくれつ》するので自重した。

「けーたに求められちゃった……ボクのお、おちん……ああっ！　恥ずかしいよぉぉ！」

飛鳥は真っ赤になった顔を手で覆《おお》い、走って部屋を出ていった。だから誤解なんですけどぉ⁉　こんなチン事件、ナニ一つ求めてないんですけどぉ⁉

俺の隣《となり》で雪菜先輩は不思議そうに首を傾《かし》げた。

「啓太くん。話についていけないのだけど……スモール・エレファントって何かしら？」

「……男の股間についてる『アレ』です」

真実を告げた瞬間《しゅんかん》、雪菜先輩の全身が石化したかのように硬直《こうちょく》した。

「……は？　じゃあ、飛鳥ちゃんは男？」

「はい。間違《まちが》いありません」

「……わっつ？」

雪菜先輩は「どう見ても美少女……え、待って。じゃあ啓太くんに男の許嫁がいるってことに……は？」と混乱し始めた。

雪菜先輩の疑問に答えることはできない。

何故《なぜ》ならば、俺のほうが混乱しているからだ。

「……今日は解散にしましょう。俺たち、ちょっと頭を冷やしたほうがいいと思います」

「そ、そうね。夢かもしれないものね」

いや。夢なんかじゃない。

未《いま》だに俺の右手に残るアレの感触が、そのことを雄弁《ゆうべん》に物語っている。

【女神《めがみ》な転校生と豚野郎《ぶたやろう》】


飛鳥が男の娘だと判明した、翌週のことである。

登校した俺は自分の席に座ったのだが、微《かす》かな違和感《いわかん》を覚えた。

周囲を見回す。違和感の正体はすぐにわかった。

「どうして俺の席の隣に机があるんだ……？」

俺の席は窓側から二列目の最後尾《さいこうび》で、左隣《ひだりどなり》に机はなかったはず。これはいったい誰《だれ》の机だ？

不思議に思っていると、右隣《みぎどなり》に座る『トラブル台風』こと牧小未美《まきこみみ》が話しかけてきた。

「啓太くん。うちのクラスに転校生がくるんだって」

小未美は「今朝、日直の子が先生から聞いた話なんだけどね」と付け加える。

「へぇ。この時期に転校してくるなんて珍《めずら》しい。どんな子なの？」

「詳《くわ》しくは知らないけど、かなり可愛い子らしいよ。よかったね、啓太くん」

小未美はからかうような口調でそう言った。

「別に喜んでないっての……あっ。もしかして、隣にあるこの新しい机は……」

「転校生の席だよ。私も運ぶの手伝ったんだ」

「そういうことか……ご苦労様。朝から大変だったね」

小未美を労《ねぎら》いつつ、隣の机を見る。

転校生、どんな子かな。気が合う子だといいんだけど……って何を呑気《のんき》なことを考えているんだ、俺は。

忘れてはいけない。小未美が校内一のトラブルメーカーであることを。

このクラスに来る転校生だぞ？　きっと小未美が呼び込んだヤバい子に決まっている。

「なぁ、小未美。転校生の特徴《とくちょう》について、もう少し詳しく教えて……」

「あ。先生きたよ、啓太くん」

顔を前に向けると、ちょうど担任の女性教師が教室に入ってきた。

くっ……事前に転校生の特徴を知っておきたかったが仕方がない。このまま流れに身を任せよう。

日直の号令を合図に、朝のホームルームが始まった。

「今日はみんなにビッグニュースがあります。なんと！　このクラスに仲間が増えます！」

瞬間、教室のあちこちで歓声《かんせい》が上がる。

すでに噂《うわさ》は広まっていたらしく、みんな転校生に期待しているようだった。

「それでは入ってきてください」

担任がそう言うと、教室のドアが音を立てて開く。

「失礼します」

男子の制服を着た転校生は、はきはきした声でそう言った。

炎《ほのお》のように赤いツインテールの髪を揺《ゆ》らし、教室に入ってくる。

教壇《きょうだん》に立った転校生は優しく微笑んだ。

「はじめまして。ボクの名前は蛇川飛鳥。最近この街に引っ越《こ》してきたんだ。みんな、仲良くしてね？」

はにかむ転校生《あすか》の挨拶が終わると、クラスメイトは温かい拍手《はくしゅ》で迎《むか》え入《い》れた。

トラブルの予感的中じゃねぇかよぉぉぉ……はいはい、フラグ回収乙《おつ》！

私服はレディースを着ている飛鳥だが、制服は男モノなんだな。彼女が彼氏《かれし》の服を着たみたいで、とても可愛く見える。

女子の制服も似合うだろうなとぼんやり考えていると、教室中で歓喜《かんき》の声が爆《は》ぜる。

「おおっ！　ボクっ娘キタァー！」

「めっちゃ可愛いけど、男子の制服着てる……え、まさか男の娘⁉」

「男の娘……そういえば聞いたことがある。性別は男なのに女の容姿を持つといわれる、神の血を引く伝説の血族……！」

「なんだって？　どんな思春期の少年でも萌《も》え落とすと云《い》われている、あの伝説の女神が……？」

「すげぇ！　うちのクラスに女神様がきたぞぉぉぉ！」

「「「うぉぉぉぉぉぉぉっ！」」」

男女の怒号《どごう》が教室に響《ひび》く。どんだけ男の娘が好きなんだよ、このクラス。

みんなの盛り上がりに驚《おどろ》いていると、担任が手をぱんぱんと叩《たた》いた。

「はいはい、静かに！　それじゃあ、蛇川さんはあそこの席ね」

担任が俺の隣の空席を指さした。

飛鳥は俺にこっそり手を振《ふ》ってきたが、俺は曖昧《あいまい》に笑ってやり過ごす。いきなり親しく接したら、きっと勘繰《かんぐ》る輩《やから》が出てくる。そいつらに質問責めされても困るからだ。

俺の反応がお気《き》に召《め》さなかったのか、リスのように頬をふくらませる飛鳥。同性とは思えない女子力である。

飛鳥はみんなの視線を浴びながら、こちらに近づいてきた。着席し、小さな声で俺にささやく。

「ふふっ。けーたが隣の席で嬉しい。よろしくね」

「うん……びっくりしたよ。この学校に転校する予定だったんだな。一言いってくれれば

よかったのに」

「直接言いたかったんだけどね。でも、最近は会いに行くのも恥ずかしかったから……」

「えっ？　どうして？」

「それは……け、けーたがボクのスカートの中に手を入れたからじゃん！　あんなことされた後なんだから気まずいよ、ばか！」

飛鳥は顔を真っ赤にして抗議《こうぎ》した。

「わ、悪かった。デリカシーなくてごめんね……うん？」

飛鳥をなだめていると、ふと視線を感じた。

クラスメイトたちはゴミを見るような目で俺を睨《にら》んでいた。

「おい。今の飛鳥ちゃんの発言……聞《き》き間違いじゃないよな？」

「ああ。『けーたがボクのスカートの中に手を入れた』って言ったよな？」

「なんだと……？　啓太が俺たちの女神に抜け駆《が》けしたってことか!?」

「あのドMの豚野郎め……美少女なら見境なしか！　お前は先輩女子に踏《ふ》まれているのがお似合いなんだよ！」

「そうだそうだ！　ドMの豚はただの豚だ！」

「俺たちの飛鳥ちゃんにスケベしやがってぇぇぇ……啓太め、絶対に許せん！」

「抜け駆けした豚野郎に死を！」

「「死を！」」

ひぃぃぃっ！　クラスメイトの目が一揆《いっき》を企《くわだ》てる農民の目をしているぅぅぅ⁉

暴動が起きそうな雰囲気《ふんいき》の中、飛鳥が「待って！」と声を上げた。

「けーたは悪くないの！　あれは事故だったんだ！」

「で、でも、飛鳥ちゃんは啓太くんに嫌なことをされたんだよね？」

クラスメイトの一人が尋ねると、飛鳥は聖母のように微笑んだ。

「ボクはもう気にしてない。だから、みんなもけーたを許してあげて？　神も隣人《りんじん》を許しなさいと言ってるよ」

飛鳥は迷える民を導く救世主のごとくそう言った。何この聖人。後光が射《さ》しているんですけど。

「飛鳥様……なんて器《うつわ》のデカいお方なんだ」

「クソ豚を許すなんて、やっぱり女神だわ」

「飛鳥様ー！　我々をお導きくださいー！」

「飛鳥様、ばんざーい！」

「女神様、ばんざーい！」

クラスメイトたちは目に涙を浮かべて飛鳥を讃《たた》えた。

転校初日からクラスメイトの心を掌握《しょうあく》するとは……さてはこいつ独裁者だな？

「ふふっ。けーた、高校でもよろしくね」

飛鳥は俺にウィンクした。無邪気《むじゃき》な笑顔《えがお》がまぶしくて、ついつい見惚《みと》れてしまう。

どこからどう見ても美少女にしか見えない。

それくらい、蛇川飛鳥は可愛いのだ。

「よ、よろしくねぇ……あはは」

俺は引きつった笑みを浮かべて返事をした。

上手《うま》く笑えるわけがない。

だって、これがトラブルの序章であることは確定事項《じこう》なのだから。

【お着替《きが》えハプニング】


授業終了《しゅうりょう》のチャイムが校舎に鳴《な》り響く。

飛鳥が転校してきて三日がたった。

この三日間、生きた心地《ここち》がしなかった。原因はもちろん飛鳥である。

転校したての飛鳥は、まだうちの学校で使う教科書を持っていない。そのため、俺は机をくっつけて教科書を見せないといけなかった。それも毎回だ。クラスの女神を俺が独《ひと》り占《じ》め、という状況である。

結果、俺は男子から嫉妬の視線を受けながら学園生活を送っている。たった三日間で、クラスの全男子を敵に回してしまったのだ。

他にも飛鳥に校舎を案内したり、二人きりで弁当を食べたりもした。そのたびに男子から妬《ねた》まれて、ここ数日は気持ちが休まらない。

心が疲弊《ひへい》しきった俺は今、癒《いや》しを求めている。

自然と雪菜先輩の顔が脳裏《のうり》に浮かぶ。

はぁ……早く帰って雪菜先輩の罵詈雑言《ばりぞうごん》を浴びたいな。踏まれたり、寝技《ねわざ》をかけられたりする楽しい時間が愛《いと》おしいぜ……いや変な意味じゃなくてね？　日常に戻《もど》りたいって意味だからね？

「ねぇ、けーた」

自分に言い訳していると、飛鳥が俺に声をかけた。

「次、体育でしょ？　どこで着替《きが》えるの？」

あ、そうか。飛鳥にとっては転校してから初の体育だからわからないのか。

「体育は隣のクラスと合同でやるんだ。両クラスの男子はこの教室で、女子は隣の教室でそれぞれ着替えることになってるよ」

「なるほど。どうりで教室に女子がいないと思ったよ」

教室を見回すと、すでに女子の姿が見えない。隣の教室に移動したのだろう。代わりに隣のクラスの男子が次々と俺たちの教室に入ってきた。

「じゃあボクたちも着替えようか」

そう言って、飛鳥は鞄《かばん》から体操着を取り出した。

「え？　こ、ここで着替えるの⁉」

「そりゃそうだよ。ボク、男だもの」

飛鳥は「けーたはおかしなことを言うね」と笑った。

そうだよな。飛鳥は男だ。俺の目の前で着替えることに何の問題もない。

そのはずなのに、何故《なぜ》かイケナイことをしている気分になる。だって男の娘の生着替えだぜ？　すごくエッチじゃん。

背徳感に苛《さいな》まれていると、飛鳥はワイシャツのボタンをすべて外した。華奢《きゃしゃ》な矮躯《わいく》に浮き出《で》た鎖骨《さこつ》が扇情的《せんじょうてき》で、不覚にもドキドキしてしまう。

さすがに目に毒だ。俺は慌てて目をそらした。

「……うん？」

ふと視線を感じ、教室を見回す。クラスのスケベ男子共がちらちらと飛鳥を見ていた。

ちょっと男子ー！

こっそり飛鳥ちゃんの着替え覗《のぞ》くのやめなよー！

「けーた。ボク、もしかして注目されてる……のかな？」

飛鳥は頬《ほお》を赤らめて、自分の体を抱《だ》きしめた。リアクションがいい女すぎる。

「えっと……見られるの、嫌だよね？」

「う、うん。さすがに体をジロジロ見られるのは恥ずかしい、かな」

飛鳥は恥ずかしそうに自分の体を小さな手で隠《かく》した。

まったく……見てられないな。

俺は飛鳥の前に立ち、みんなの視線をシャットアウトした。

「俺が壁《かべ》になる。その間に着替えなよ」

「けーた……うん。ありがとう」

安堵《あんど》の笑みを浮かべた飛鳥は、再び着替え始める。

ワイシャツを脱《ぬ》いだ飛鳥の体は女の子のように華奢だった。二次性徴《せいちょう》を終えた男の体つきではなく、なめらかで柔らかい。なお、胸はぺったんこである。

飛鳥は体操着の上を着た。

「んっ……あっ……！」

何故かエロい声を漏らす飛鳥。

なんで着替えるだけで喘《あえ》ぐの？　わざとなの？

続いて飛鳥はベルトに手をかけた。ガチャガチャと音を立て、制服のズボンを下ろす。

俺は絶句した。飛鳥はレディースの下着を穿《は》いていたのだ。柄《がら》は青と白のストライプですごく可愛い……というか、これ見たらいけないヤツなのでは!?

「ちょ、ちょっとぉ。あんまりジロジロ見ないでよ。けーたのスケベ」

飛鳥は恥ずかしそうにそう言った。

「わ、悪かった。見られるの、嫌なんだったな」

「うん。でも、けーたになら……ボクの全部、見せてあげてもいいよ？」

「んなっ⁉　おおおお前、何言って……！」

「な、なーんてね！　あははっ！」

飛鳥が照《て》れ隠しに笑ったそのとき、事件は起きた。ズボンが上手く脱げずにバランスを崩《くず》してしまったのだ。

「あっ、足が引っかかって……うわっ！」

飛鳥は俺の胸に飛び込んできた。

「うおっ！」

俺は慌てて飛鳥を抱き止めた。

小柄《こがら》な体。柔らかくて白い肌《はだ》。鼻孔《びこう》をくすぐる甘い香《かお》り。どこを切り取っても美少女です本当にありがとうございました。

ラッキースケベにドキドキする暇《ひま》もなく、教室のドアが開いた。

入り口には雪菜先輩が立っている……ってこの状況はマズい！

「啓太くん。今日の放課後なのだけど……あ」

雪菜先輩は男子の着替え中であることに驚いた様子だったが、俺と目が合った瞬間、表情が険しくなった。

「啓太くん。男の娘に手を出すほど性欲を持て余していたの？」

雪菜先輩の表情は赤鬼《あかおに》のそれだった。毎回思うけど、もはや顔芸の域である。

「ち、違うんです！　雪菜先輩、これには理由が……」

「御託《ごたく》はいいわ。駄犬《だけん》には懲罰《ちょうばつ》を与《あた》えましょうね、うふふ……」

ひぃぃぃぃっ！　なんか笑い方が怖《こわ》いんですけど!?

男子たちは鬼畜《きちく》モードの雪菜先輩を見た途端《とたん》、怯《おび》えた顔をして退室した。

これで教室に残っているのは、雪菜先輩を除けば俺と飛鳥だけに……あれ？

隣にいたはずの飛鳥がいない。

「けーた！　生きていれば、またあとでね！」

着替えを終えた飛鳥は、教室の入り口で俺に手を振った。お前も俺を見捨てるんかい！

「飛鳥！　自分だけ逃《に》げるのズルいぞ！」

「ボクの座右の銘《めい》は『いのちだいじに』なんだ！　けーた、無事を祈《いの》ってるよ！」

そう言い残し、飛鳥は教室を出た。

待って！　勇者の号令みたいな捨《す》て台詞《ぜりふ》を残して行かないでぇぇ！

教室には雪菜先輩と二人きり。真昼の喧騒《けんそう》が嘘のように静寂《せいじゃく》に包まれている。まるで世界に俺たちだけが取り残されてしまったかのようだ……みたいなロマンチックな雰囲気が合えば、どれほどよかっただろうか。現実はお仕置き開始五秒前だよ、ちくしょう！

雪菜先輩は大股《おおまた》で歩いて俺に近づいてきた。彼女の放つ威圧《いあつ》感を前に、俺は一歩も動けない。

「いくわよ、啓太くん……押忍《おす》っ！」

雪菜先輩は俺のシャツを掴むと同時に、左アキレス腱《けん》に足のすねを素早《すばや》く当てた。

瞬間、シャツを下に引っ張られて重心が下がる。

気づけば俺は転ばされていた。

「いでっ！　な、何するんですか雪菜先輩！」

「小外刈《こそとが》りよ」

「そういうことを聞いてるんじゃないよ！　どうして俺に柔道技《じゅうどうわざ》をかけるんですか！」

「下僕を躾《しつ》けるために決まっているじゃない」

雪菜先輩は上履《うわば》きを脱いで、俺の背中をぐりぐり踏んできた。

「ふふっ。痛くてたまらないでしょう？」

雪菜先輩は愉《たの》しそうに笑った。

くっ！　この調子で踏まれたら体が潰《つぶ》れちゃう……あれ？

おかしいな。全然痛くないぞ。

それどころか、体がぽかぽかして心地よい。

まさか踏まれて体が熱くなる日が来るとは……くっ！　俺はもう雪菜先輩なしでは生きていけない体に調教されてしまったのか！

「ふあっ……すごくいいですよ、雪菜先輩」

「え？」

「そこを踏まれると、体が熱くなってぇ……！」

「ええっ⁉」

雪菜先輩は慌てて足をどけた。

「ああっ！　ちょっと！　なんでやめちゃうんですか！」

「啓太くんが気持ち悪いことを言うからでしょう⁉」

「むしろ気持ちいいんです！　体の内側が、じんっ、と熱くなるっていうか！」

「何感じているのよ、この変態！」

雪菜先輩は顔を真っ赤にして俺を睨んだ。

いや違うから！　これはリンパ的なアレで気持ちよくなっているだけだから！

「さあ、雪菜先輩！　もっと踏んじゃってください！」

「ふぇぇぇ⁉　どうしてそんなにグイグイくるの⁉」

「恥ずかしがらずに！　もっと俺を蹂躙《じゅうりん》してください！　さあ！」

自分でもちょっと引くくらいお願いすると、雪菜先輩《せんぱい》は目に涙を浮かべた。

「ううっ……啓太くんのえっち！　腐《くさ》れ足《あし》フェチ！」

「腐れ足フェチ⁉」

「どうせいつも私の足でえっちな妄想《もうそう》してるんでしょ！」

「い、いや、それはまぁ……でも、いつもじゃないですからね⁉」

「やっぱり妄想してるんじゃん！　このもっこり豚男爵《ぶただんしゃく》！」

「珍妙《ちんみょう》なあだ名で呼ぶのやめてくれませんかねぇ⁉」

「思春期の男の子だから大目に見てきたけど、最近の啓太くんは性欲に溺《おぼ》れすぎ！　女の子にスケベなことばっかりして！　めっ、だよ！　あと私の足見すぎ！」

「溺れてないわ！　というか、雪菜先輩の足が好きになったのはあなたの調教のせいですからね⁉　このドSツンデレ嬢《じょう》！」

「は、はぁ？　足が好きとか言われても全然嬉しくないんだからね！　たまにしか踏んであげないんだからー！」

ドタドタドタ！

雪菜先輩は一目散に逃げだした。なんだかんだいって、たまには踏んでくれるらしい
……あ。

俺《おれ》は重大なことに気づいてしまった。

今のやりとり……俺、素の雪菜先輩と会話していたんじゃ？

「普通に『ふえぇぇ』とか『めっ』って言ってたよな……!?」

声も少し幼い感じだったし、何よりツンデレが露骨《ろこつ》すぎる。あれは素の雪菜先輩で間違いない。

以前も瞬間的《しゅんかんてき》に目の前でデレることはあった。だけど、あんなに会話のラリーが続いたことはない。

ひょっとして……知らない間にまた仲良くなっちゃった？

「雪菜先輩。もっと仲良くなったら、いつか素のあなたとデートさせてくださいね？」

誰もいない教室で、俺は密《ひそ》かな夢をつぶやいた。

「あ、やべ。早く体育館に行かないと」

俺は喜びを噛《か》みしめつつ、急いで着替えて体育館に向かうのだった。

【ボクっ娘《こ》と天然っ娘】

週末、家でまったりゲームをしていると、部屋のドアが開いた。

「けーた。お邪魔《じゃま》するよ」

そう言って、飛鳥は俺の部屋に入ってきた。

なんでうちの部屋に来る女子はインターホンを鳴らさないんだよ。ここ、君たちの家じゃないからね？

飛鳥は黒いパーカーを着ていて、下はスカート姿だった。相変わらずレディースがよく似合っている。

「けーた、ゲームしてたの？　なんのゲーム？」

「パーティーゲームだよ。ミニゲームがたくさん収録されていて、一人プレイでも楽しめるんだ」

最近、シャロに「レースゲーム以外にもみんなで遊べるゲームやりたい！」とおねだりされて買ったヤツだ。

お小遣《こづか》いに余裕《よゆう》があるわけではなかったが、シャロの喜ぶ顔が見たくてつい買ってしまった。この歳《とし》にして、孫の欲《ほ》しい物をなんでも買ってあげる祖父の気持ちがわかった気がする。

「ふぅん。けーたの部屋、女子のたまり場だもんね。パーティーゲームがあると、みんな喜ぶでしょ？」

飛鳥は俺を半眼で睨んだ。たまり場は事実だけど、悪意のある言い方はやめてほしい。

「それはそうだけど……別にいいじゃん」

「ボクという許嫁《いいなずけ》がいるのにキミって男は……ま、そういう優しいところが好きなんだけど」

飛鳥は何故か頬を赤らめた。すっかり許嫁ポジションだけど、俺はまだ例のプロポーズ認めてないよ？

「ねぇ、けーた。今夜、何か予定ある？」

「ううん、特にないよ」

「ほんと？　じゃあ、けーたの家にお泊《と》まりしてもいい？」

「ああ。別にかまわな……はぁぁぁっ⁉」

うなずきかけたが、慌《あわ》てて否定する。

「いやダメだろ！　男女が二人きりで泊まりなんて！」

「どういうこと？　ボク男だよ？」

飛鳥は不思議そうな顔して小首を傾げた。可愛《かわい》いけど、お泊《と》まりはダメです！　父さんは許しませんよ！

飛鳥は男友達と同じような距離《きょり》感で接してくる。さらには積極的に好意を伝えてくる始末。二人で一晩を過ごすなんてことになったら、貞操《ていそう》の危機もありうる。

「とにかく泊まりはダメだから」

「どうして？　男同士だからいいじゃないか」

「それは……」

「一緒《いっしょ》にお風呂《ふろ》入ろうよ」

「なんで⁉」

「あ、さすがに狭《せま》いか。なら近くの銭湯に行こう。裸《はだか》の付き合いってヤツだね」

「あのなぁ……いいか。俺と飛鳥が裸見せ合うとか倫理《りんり》的《てき》に無理なの。男の娘とお風呂に入ったら、それはほぼ犯罪なの。わかる？」

「わかった。じゃあ草津《くさつ》に行こう」

「温泉もダメ！　全然わかってないじゃないか！」

俺が叱《しか》ると、飛鳥は「裸を見せ合うのがダメなの？　ふふっ、けーたは恥《は》ずかしがり屋《や》さんだな」と笑った。ダメなのはおめーの頭だよ！　ばーか、ばーか！

ツッコミに疲《つか》れていると、家のドアが開いた。

「啓太せんぱーい！　あーそびーましょーっす！」

樹里《じゅり》が手を振りながら部屋に入ってきた。薄手《うすで》のカーディガンを羽織り、珍しくスカート姿だった。

「けーた。この子は誰？」

さっきまで笑顔だった飛鳥の表情が険しくなる。

「この子は田井中《たいなか》樹里。後輩《こうはい》の女の子で、中学からの付き合いだ」

「ふぅん……はじめまして、樹里ちゃん。ボクは蛇川飛鳥。けーたの『許嫁』だよ。けーたとは樹里ちゃんよりもずーっと長い付き合いなんだ。よろしくね」

飛鳥は『許嫁』の部分を強調して自己紹介《しょうかい》した。あの、いきなり喧嘩《けんか》腰《ごし》はやめてくれません？

「えっ……啓太せんぱい、こんなに可愛い幼なじみの女の子がいたんすか？　しかも、許嫁って……」

樹里はがくっと肩を落とした。いかん。完全に誤解されている。

「樹里。飛鳥は男だぞ。あと許嫁っていうのは飛鳥が一方的に言っていることだ」

「もぉー、けーたってばぁ。本当はボクにメロメロなくせに」

「なんでそうなる」

「だって体育の着替え中、ボクのパンツをジロジロと見ていたじゃないか」

「あ、あれは不可抗力《ふかこうりょく》だろ！」

みんなの視線から守ってあげたのに、その言い方はないと思う。

「えっ⁉　どうして二人が一緒に着替えていたんすか？　普通は男女別では……？」

樹里が疑問の声を上げると、飛鳥は左右に首を振った。

「違《ちが》うよ。さっき啓太も言ったけど、ボクは男なんだ」

「飛鳥せんぱいが男……なはは っ！　冗談《じょうだん》キツいっすよー。こんなに可愛い人が男の子なわけないっす」

「か、可愛い？　ボクが？」

「はいっす」

「そ、そう……えへへ。ありがとう」

飛鳥は照れくさそうに笑った。どうやら可愛いと言われるのは嬉《うれ》しいらしい。

「あのな、樹里。信じられないだろうが、飛鳥は本当に男なんだ」

あらためて俺が説明しても、樹里はまだ信じられないといった様子だった。

「またまたぁ。二人とも、ウチをからかうつもりっすか？　そうはいかないっす」

「いやそれがマジなんだって」

「じゃあ、確かめてもいいっすか？」

確かめるって、どうやって？

尋《たず》ねる間もなく、樹里は飛鳥の前に立った。

「失礼しますっす」

あろうことか、樹里は飛鳥のスカートの中に手を入れた。毎度のことだけど、お前本当に空気読めよ！

「あっ、あっ……んふぅ……っ！」

びくんびくん！

飛鳥は切ない顔をして、漏《も》れる声を抑《おさ》えるように口に手を添《そ》えた。内股《うちまた》になり、膝《ひざ》をがくがくと震《ふる》わせている。

女の子が男の娘を辱《はずかし》める光景を見て、俺は思った……こういう薄《うす》い本もアリだと！

「なっ……ふにゃゃゃぁっ⁉」

樹里は慌てて手を引っ込めた。

顔を真っ赤にして、手をわなわなと震わせている。

「な、なななっ……なんで飛鳥せんぱいの股間《こかん》にアスパラガスが生えてるんすか⁉」

「だっ、だから言ったでしょ！　ボクは男だって！」

「え……じゃあ、ウチが今触《ふ》れたのは本物のおっ、おおおおちん……う、嘘《うそ》だッ！」

「まだ信じないの⁉　しつこいなぁ、キミは！」

「だったら、脱いでみてくださいっす！」

樹里は両手の指を触手《しょくしゅ》のようにうねうねと動かした。

「じゅ、樹里ちゃん？　何をするつもり？」

「スカートをめくって、この目で確認《かくにん》させてもらうっす！　さあ！　飛鳥せんぱいのアスパラガスを見せるっすよ！」

「馬鹿《ばか》なの⁉　ボク男なんだよ⁉　男のソレが見たいとか変態じゃないかぁ！」

「変態じゃないっす！　今はただ、頭の中がアスパラガス畑なだけっす！」

「たぶんそれ性欲強めの変態だと思うよ⁉」

飛鳥は涙目《なみだめ》で困惑《こんわく》した。

このままだと、樹里は飛鳥のアスパラガスを見て失神するかもしれない。下手したら、お互《たが》いトラウマになるだろう。

はぁ。仕方がない。暴走している樹里を止めるか。

「樹里。正真正銘《しょうしんしょうめい》、飛鳥は男だよ。だからやめておけ。お前だって本物のアスパラガスは見たくないだろ？」

「うぐっ……わかったっす。じゃあ、別の方法で確認させてもらうっす」

「別の方法？」

尋ねると、樹里はビシッと飛鳥の顔を指さした。

「ずばり！　ファッションショーっす！」

「ファッションショーって……どういうこと？」

「飛鳥せんぱいには男装してもらうっす。その格好が男らしければ、男として認めるっす。あ、ちなみに女装もしてもらうっすよ。ふふふ……」

樹里は意味深に笑った。

男装はわかるけど、レディースを着せる意味はないのでは……あっ。さてはこいつ、飛鳥に可愛い服を着させて遊ぶのが目的だな？

「なるほど。ボクは出されたコスチュームを着こなせばいいんだね？」

「そういうことっす。というわけで、飛鳥せんぱい。着てくれるっすよね？」

「嫌《いや》だ。めんどくさい」

「なんでっすかぁ！　今完全に受けて立つ流れだったじゃないっすかぁ！」

涙目の樹里は飛鳥に抱きついた。

「お願いしますっす！　着てくださいっすよぅ！」

「こ、こら！　くっつかないでよ！　む、胸が当たってるってば！」

顔を赤くした飛鳥は、抱きつく樹里を引《ひ》き離《はな》そうとする。

しかし、樹里は掴《つか》んだパーカーを放さない。必死かよ。

「着てくれないと……今度こそスカートめくるっすよ？」

「ひぃぃぃっ！　わ、わかったよ！　やればいいんでしょ、やれば！」

飛鳥が渋々《しぶしぶ》引き受けると、樹里は「わーい！」とその場で飛《と》び跳《は》ねた。おっぱいもばいんばいん揺れている。

「俺の部屋でパリコレやるなよ……」

俺の抗議など聞き入れてもらえるはずもなく、飛鳥のファッションショーが開催《かいさい》されることになった。

◆

俺が男モノの服を、樹里が女モノの服をそれぞれ用意することになった。

現在、飛鳥は風呂場《ふろば》の脱衣所《だついじょ》で着替えをしている。まずはメンズ服からだ。

「着替え終わったよ」

脱衣所から飛鳥が出てきた。

上はレザージャケットで、インナーは白いTシャツ、下はダメージジーンズを着ている。

俺の手持ちの服では、これが精一杯《せいいっぱい》の男らしいコーディネートだ。

ただし、ここで一つ問題が生じる。

「あー……サイズ合ってないっすねぇ」

俺の隣《となり》で樹里が苦笑《くしょう》した。

飛鳥と俺では身長も体格も違う。サイズが合わないのは当然だった。

「飛鳥せんぱい。服ダボダボすぎっす。なんすか？　黒服の組織に薬飲まされて体縮んだんすか？」

「むかっ！　うるさいなぁ、どうせボクは体が華奢ですよーだ！」

樹里にイジられて、ぷいっとそっぽを向く飛鳥。何そのツンな態度。可愛いポイント、100点あげたいんですけど。

「うーん。やっぱり男の子の服は似合わないっすよ。やっぱり可愛い服着なきゃっす」

樹里はニヤニヤしながらそう言った。完全に当初の目的を忘れて楽しんでいるな、こいつ。

「飛鳥せんぱい。次、レディースお願いしますっす！　ささっ、早く早く！」

「な、なんかテンション高い気が……わかった。着替えてくる」

飛鳥は「樹里ちゃんより可愛く変身しちゃうからね！」と捨て台詞を残し、脱衣所に向かった。ダメだ。この子も当初の趣旨《しゅし》を忘れている。

呆《あき》れていると、脱衣所から飛鳥の声が上がった。

「おおーっ！　何これすごく可愛い！」

飛鳥は興奮した様子で「えへへ、初めて着るよー！」と声を弾《はず》ませている。どうやら樹里が用意した衣装を気に入ったらしい。

「おい樹里。飛鳥のヤツ、なんか喜んでるぞ」

「ふふふ。啓太せんぱいも見たらテンション上がるかもしれないっすよ？」

樹里は得意気にそう言った。よほど自信があるらしい。

「着替え終わったよ」

飛鳥が脱衣所から出てきた。

「なん……だと……？」

あまりの可愛さに俺は絶句した。

飛鳥の衣装には見覚えがある。あれは樹里がバイト先で着ているのとほぼ同じものだ。

ピンク色のメイド服を着ていて、白いニーソックスを穿《は》いている。一点だけ違うのは、バストが強調されていないこと。うむ。巨乳もいいけど、ぺったんこもいいものだ。つまり、おっぱいはそこにあるだけで尊いということッ！

「ほう……めちゃくちゃ可愛いっすね。じゅるり」

樹里は飛鳥の全身を舐《な》め回《まわ》すように見ながら、呼気を荒《あら》くしてそう言った。じゅるりじゃないよ。ヨダレを拭《ふ》け、この変態さんめ。じゅるり。

「啓太せんぱい。ヨダレばっちぃっす」

「樹里に言われたくないわ！」

ハンカチで口を拭《ぬぐ》っていると、背中をつんつんされた。

振《ふ》り向《む》くと、飛鳥が俺を上目づかいで見ている。

「ご主人様。ボクにご奉仕《ほうし》させてください……だめ、ですか？」

飛鳥は甘い声でおねだりしてきた。

……ちょっと叫《さけ》んでもいいかな？

にゃんにゃんしようぜぇぇぇぇぇぇぇ！

メイドが「ご奉仕させて」と言ってきて、断る主人がいるだろうか？　いや、いない！

あんなことやそんなことを命令したくなるのは必然！　スケベの神様、これなんてエロゲ

ですか⁉

飛鳥は男？　そんなの関係ねぇ！　俺専属の美人メイドだ！　さあ、たっぷりこんもりご奉仕するんだ！

……などと叫ぶとキモいので、この感動はあとで日記にしたためようと思う。

「ご主人様。ボクになんでも命令していいよ？」

飛鳥はよほどメイド服がお気に召《め》したらしく、かなりノリノリだった。もちろん、俺もノリノリである。

「それじゃあ肩《かた》を揉《も》んでもらおうかな！」

「かしこまりました」

俺がその場に座《すわ》ると、飛鳥は肩を揉み始めた。

「どうかな、ご主人様」

「き、気持ちいいよ、飛鳥……」

「ここがいいの？」

「あっ……はぁあっ……すごくいい……くっ！」

もみもみ。ぐにぐに。

飛鳥は絶妙《ぜつみょう》な力加減で肩の凝《こ》りをほぐしていく。

指に力を込めるたびに「んっ……」「はぁ……ん」とエロい吐息《といき》を漏らすのが実にいい。

このスケベメイドめ！　いいぞ、もっとやれ！

「飛鳥は肩揉《かたも》みが上手だな。マッサージの才能あるよ」

「ほんと？　ふふっ、嬉しいな」

「あとで足もマッサージしてもらっちゃおうかなー」

「ふふっ。ご主人様のよ・く・ば・り……いいよ。今日はけーたの言うことなんでも聞く」

「ほう……ならばメイド飛鳥よ！　この俺を満足させてみろ！」

「主人よ、これをくらうがいい……メイド真拳奥義《おうぎ》！　首凝解消《ネック・エイド》もえもえ突《づ》きぃ！」

「あっ、あっ、そこぉぉぉ！　首がぁ、しゅごくいいのぉぉぉぉ！」

テンションが上がりすぎて、俺たちは明後日《あさって》の方向に盛り上がり始めた。なんだ、メイド真拳って。ノリが夜中の午前二時だわ。

二人でキャッキャしていると、ふと視線を感じる。樹里がこちらをつまらなそうに見ていた。

「むぅ……メイド力《ぢから》ならウチだって負けてないっすよ！」

何を思ったのか、樹里は脱衣所に駆《か》け込んだ。

しばらくして、樹里が姿を現した……って、なんでお前もメイド服着てるの⁉

「ご主人様。ウチもご奉仕させてくださいっす」

「え？　いや、でも今は飛鳥の番だし……」

「飛鳥せんぱいよりも、もっと楽しいことしましょうっす」

「た、楽しいこと？」

「メイド真拳秘奥義《おうぎ》『ひざまくら』……したくないっすか？」

樹里はクスッと小悪魔《こあくま》っぽく笑い、その場に座った。

メイド真拳秘奥義ひざまくら——それはモテない男子の夢。彼女《かのじょ》にやってほしいこと、堂々の第三位である！

自然と樹里の太ももに視線が吸い寄せられる。

あの柔《やわ》らかそうな絶対領域の上に頭を乗せていいというのか。断る理由はないな、クク
ク……。

「しっ、失礼しまぁぁーす！」

俺は飛鳥から離れて、樹里の膝の上の辺りに頭を乗せた。

「こ、これは……！」

適度に柔らかく、高さもちょうどいい。

一番のポイントは視界だ。樹里と見つめ合う形になる……と予想していたのだが、樹里

の胸がデカすぎた。見上げれば、そこは樹里のおっぱいしかない。下から見るおっぱい、いとをかし。

「ご主人様。ウチのひざまくら、どうっすか？」

「うむ。悪くはないな。褒《ほ》めてつかわす」

俺が調子に乗ってそういうと、樹里は「らしいっすよ。ふふーん」と得意気に飛鳥に言った。顔は見えないけど、樹里のドヤ顔が目に浮《う》かぶ。

「な、何さぁ！　けーたはボクよりも樹里ちゃんのほうがいいわけ⁉」

飛鳥は俺に顔を近づけてキレた。

このままだと二人が喧嘩《けんか》してしまう。

ここは二人の主人として、この場を丸く収めなければ。ふっ。ご主人様は辛《つら》いでござるよ、どぅふふふ……。

「二人とも喧嘩するなよ。俺は飛鳥の肩揉みも好きだ。だから飛鳥。お前も俺にご奉仕してくれてええんやで？」

主人たるもの、えこひいきはよくない。メイド全員を平等に扱《あつか》わないとな！　ふははは！

そう思っていたのだが、二人の様子がおかしい。さっきまで賑《にぎ》やかだった部屋が急に静かになった。

「……ふーん。啓太せんぱいはメイドなら誰《だれ》でもいいってことっすか？　ひざまくらしてくれる女の子なら、ウチじゃなくてもいいんすね」

樹里はひざまくらをやめて、怒《いか》りの双眸《そうぼう》で俺を見下ろした。額には四つ角がくっきり浮き出ている。

「へっ？　いや、俺はただみんなに仲良くしてほしくて……」

「つまり、何人メイドがいようと、仲良く俺にご奉仕しろってことっすよねぇ？　なかなかどうしてクズの発想っす」

あれぇぇぇ⁉　なんか思っていた反応と違うんですけど⁉

みんなでイチャイチャご奉仕タイムだと思っていたのに、どうしてこうなった？

救いを求めるべく、飛鳥のほうを見る……あ、ダメだ。飛鳥も親の仇《かたき》を見るような目をしている。

飛鳥は「度《ど》し難《がた》い変態だね。この発情ぶりぶりゴリラ」と罵倒《ばとう》を浴びせてきた。何その独特なセンスの悪口。雪菜先輩にしか言われたことないよ。

「啓太せんぱい、サイテーっす。可愛ければ見境なしっすか。へえー」

「待て、樹里！　俺は見境なしじゃない！　俺は雪菜先輩ひとすじだから！」

「ふーん。雪菜せんぱいひとすじなのに、ウチや飛鳥せんぱいともイチャイチャしたいってわけっすか。いいご身分っすね」

樹里は「モテる男はつらいっすねぇ？」と鬼《おに》の形相で言った。

ひぃぃぃっ！

もしかして、火に油注いじゃったぁぁ⁉

「これは雪菜《ゆきな》真拳《しんけん》秘奥義『お仕置き』が必要みたいっすね……飛鳥せんぱい。そっち側お願いしますっす」

「わかった」

樹里は俺の右腕《みぎうで》を、飛鳥は俺の左腕《ひだりうで》をそれぞれ掴んだ。すぐさま両足で腕《うで》の関節を極《き》める体勢に入る。

以前、俺は雪菜先輩からこの技《わざ》を受けたことがある。

これは……俺の大好物『腕ひしぎ十字固め』だ！

両腕《りょううで》は太ももに包まれ、顔にはメイドの足が当たっている。ご奉仕というか、もはやご褒美《ほうび》！　デリバリー寝技《ねわざ》メイド喫茶《きっさ》、本日オープン！　ふひっ！

気づけば俺は二人の足を堪能《たんのう》していた。

やはり男だからだろうか。飛鳥の足は微《かす》かに筋肉があって、若干《じゃっかん》硬《かた》い感触《かんしょく》がある。

対照的に樹里の太ももは柔らかい。ふにふにしていて、雪菜先輩といい勝負だ……って俺のアホ！　樹里に興奮してどうする！　たしかに俺は足フェチという変態の成れの果てだが、俺を満足させられるのは雪菜先輩だけだ！

内なる敵と戦っていると、無情にも幸せな時間は終幕した。

「啓太せんぱい。覚悟《かくご》はいいっすね？　うりゃ！」

ぎちぎちぎちっ！

両ひじの関節が逆側に伸《の》びていく。

先ほどまでの興奮は激痛によって霧散《むさん》した。

「ぎゃあああ！　樹里、たんま！　マジで痛いってぇぇ！」

「これがウチら流のご奉仕っす。ね、飛鳥せんぱい？」

「そうだね。ほらほら！　これがいいんでしょ、ご主人様！」

ぎちぎちぎちっ！

何故《なぜ》かノリノリの二人は、さらに力を込めて俺の関節を伸ばしてきた。

「いだだだっ！　やめて、二人とも！　俺そんなに悪いことしたかなぁ!?」

「したよ！　雪菜さんのことを好きって言ったじゃないか！」

飛鳥が「この浮気者《うわきもの》！」と俺を罵倒する。

「浮気者も何も、俺がいつお前の許嫁になったんだ！　俺には記憶《きおく》がないんだって！」

「けーたがッ！　思い出すまでッ！　ボクは関節破壊《はかい》をやめないッッ！」

「真っすぐな目で怖いこと言うな！」

「ほら思い出して！　あの日、ばら組の教室のもとで行われた、愛の告白を！」

「だから記憶にないって言ってるじゃ……うん？」

ちょっと待て。

今、ばら組って言ったか？

「お、おい飛鳥！　その告白のことで話がある！　いったん技を解いてくれ！」

「え？　まさか……思い出してくれたの!?」

飛鳥は嬉々《きき》として俺の左腕を解放した。樹里もこの話に興味があったのか、素直《すなお》に技を解いた。

「飛鳥は『ばら組』だったんだな？」

「そうだよ。けーたと一緒だもん」

「いや……俺は『ゆり組』だったんだけど」

「……へっ？」

室内に静寂《せいじゃく》が訪《おとず》れる。

飛鳥は目を瞬《またた》かせ、だらだらと汗《あせ》をかき始めた。

「う、嘘でしょ？　『ばら組』の『中田慶太《なかたけいた》』はボクの初恋《はつこい》の人だよ……！」

「言いにくいんだが……俺は『ゆり組』の『田中啓太《たなかけいた》』なんだよ」

「たなか……なかた、じゃなくて？」

言葉を失った飛鳥は、口をパクパクして空気を食《は》んでいる。

今のやり取りではっきりした。

どうりでプロポーズの一件が記憶にないわけだ。

だって飛鳥がプロポーズしたのは俺ではなく、別人だったのだから。

「飛鳥……その、なんだ。どうやら俺はお前の好きだった『けーた』じゃないみたいだ」

かなり気まずかったが、俺は真実を告げた。

飛鳥は目をくるくると回し、そして叫んだ。

「なっ……なんだってえええええええ!?」

俺の部屋に飛鳥の絶叫《ぜっきょう》がこだました。

【たとえ許嫁でなかったとしても　～大好きのあっかんべー～】


飛鳥の許嫁は俺ではない。

そんな衝撃的事実《しょうげきてきじじつ》を知らされてから数日が経《た》った。

朝、学校の廊下《ろうか》を歩いていると、教室の前で飛鳥に会った。

「飛鳥。おはよう」

「あっ……おはよう、けーた」

挨拶《あいさつ》をすますと、飛鳥は露骨に視線をそらした。

あの日から飛鳥は急によそよそしくなった。飛鳥から話しかけてくることはないし、一緒に登下校もしていない。

きっと俺と顔を合わすのが気まずいのだろう。そりゃそうだ。許嫁アピールしていた相手が、まったくの別人だったのだから。

飛鳥に言い寄られてトラブルも増えた。クラスの男子は未《いま》だに俺を敵視しているし、雪菜先輩もピリピリしている。

だけど、飛鳥がそばにいる賑やかな日々は嫌《きら》いじゃなかった。

ここ数日を振り返《かえ》ると、飛鳥の笑顔《えがお》ばかりが脳裏《のうり》に浮かぶ。トラブルだけじゃない。飛鳥は俺の日常にたくさんの彩《いろど》りをくれた。

……このまま疎遠《そえん》になるのは嫌だ。

俺が飛鳥の許嫁じゃなくても。

飛鳥が俺のことを好きでなくても。

俺たち、友達にはなれるよな？

「なぁ飛鳥。その……いつもどおりに接してくれないか？」

「えっ？」

「気にしてるんだろ？　俺と中田くんを勘違《かんちが》いしていたこと」

「……たくさん迷惑《めいわく》かけちゃったね。本当にごめん」

飛鳥は力なくそう言ってうつむいた。

まったく……どうして俺の周りには不器用なヤツしかいないんだよ。

俺に迷惑をかけた？

だからなんだよ。

ちょっと勘違いして空回っただけで、俺はお前のことを嫌ったりしない。

俺は飛鳥の頭をそっと撫《な》でた。

「……けーた？」

「そんな小さいこと気にするなよ。らしくないぞ」

「小さいこと……？」

「許嫁の件。たいしたことじゃないだろ」

「いや、たいしたことあると思うけど……普通《ふつう》なら引くよ？　勘違いで許嫁だーって騒《さわ》いで、一人で舞《ま》い上《あ》がってさ。ボク、馬鹿みたいだ――」

「うるさい」

「あっ……」

俺は飛鳥の唇《くちびる》に人差し指を当てた。

驚《おどろ》いて沈黙《ちんもく》する飛鳥を確認して、俺はゆっくりと指を離した。

「そんなの『ごめん』の一言で水に流すよ。泣きそうな顔しないで。飛鳥が許嫁じゃなかろうが、全部俺は受け入れるから」

「けーた……」

「そんな些細《ささい》なことより……飛鳥が元気ないと、俺は悲しいよ」

とはいえ、前みたいに言い寄られても困るけど。

飛鳥の頬はほんのり赤く、瞳《ひとみ》はわずかに潤《うる》んでいる。

「優《やさ》しいね、けーたは。そういうところは尊敬してる。そういうところは」

「優しさだけ強調するなよ。それ以外はダメみたいに聞こえるだろ」

「ふふっ。冗談だよ。じゃあ、仲直りしよ？」

飛鳥は照《て》れ臭《くさ》そうに手を差し出した。

「わかった。じゃあ、これで友達同士な」

仲直りの握手《あくしゅ》をしたが、何故か飛鳥の表情は曇《くも》っている。

「『友達同士』、か……」

飛鳥は小さい声でぽつりとつぶやいた。

俺《おれ》が許嫁でないとわかった今、俺と飛鳥は友達同士のはず。いったい何が不満なんだ？

戸惑《とまど》っていると、見知らぬ男子生徒が声をかけてきた。

「あの……君、蛇川飛鳥ちゃんだよね？」

その生徒は端的《たんてき》に言ってイケメンだった。

背は高く、清潔感のある見た目をしている。顔もいいし、爽《さわ》やかな好青年だ。

「うん。ボクは蛇川飛鳥だけど……キミは？」

「やっぱりそうだ！　俺だよ、俺！　ばら組で一緒だった中田慶太だよ！」

なっ……何ぃぃぃぃぃぃぃ!?

もう一人のけーた、同じ学校にいたんかい！

「え、慶太……なの？」

飛鳥は目を大きく見開き、口をパクパクさせている。

そりゃいきなり許嫁が出現したら驚くわ。つい最近、俺も同じ状況《じょうきょう》に陥《おちい》って動揺《どうよう》した覚えがある。

「懐《なつ》かしいなぁ！　よく泥団子《どろだんご》作って遊んだよね。飛鳥ちゃん、覚えてる？」

「え？　う、うん！　もちろんだよー！」

嘘つけ。俺と中田くんのこと、おもいっきり間違《まちが》えてたじゃねぇか。

呆れていると、校舎にチャイムが鳴《な》り響《ひび》いた。廊下で談笑《だんしょう》していた生徒たちは自分たちの教室に戻《もど》っていく。

「せ、席に着かなくちゃ！」

チャイムに乗じて飛鳥が逃《に》げようとしたそのとき、中田くんは「待って！」と引き止めた。彼《かれ》の真剣《しんけん》な目にただならぬ覚悟を感じる。

「……あのさ、飛鳥ちゃん」

「な、何？」

「あの日の約束、覚えてるかな？　俺、飛鳥ちゃんのこと好きなんだ」

俺たちしかいない朝の廊下で、中田くんは大胆《だいたん》にも告白した。

どうやら中田くんも例の約束を本気で信じていたらしい。

だったら、二人は両想《りょうおも》いだ。飛鳥の友人として祝福してやろう。

そう思ったのに、素直に喜べない。

だって、飛鳥が辛そうな顔をしているから。

……どうしたんだ？

いきなりすぎて、まだ気持ちの整理がついていないのか？

「あの日の約束なんだけど……今も有効かな？」

中田くんは祈《いの》るようにそう言った。

しばらく間があって、飛鳥は口を開いた。

「約束は覚えてるよ」

「ほ、本当かい？」

「だけど……ごめんなさい。慶太とは付き合えない」

……『付き合えない』？

今すぐ答えは出せない、ならわかる。

でも、あれだけ焦《こ》がれていた許嫁《いいなずけ》と『付き合えない』という発言は理解できない。

「どうして付き合えないの？　理由を聞かせてもらってもいいかな？」

中田くんの問いに、飛鳥は少し考えてから想いを打ち明けた。

「ボク、好きな人がいるんだ。だから、慶太の気持ちに応《こた》えられない」

「そ、そんな……」

「それと今まで黙《だま》っていたことがあるんだけど……ボク、男なんだ」

「へっ？」

中田くんは素《す》っ頓狂《とんきょう》な声をあげた。

「あはは。何を言い出すかと思えば、飛鳥ちゃんが男だって？　たしかに男の制服を着ているけど、俺は騙《だま》されない。こんなに可愛《かわい》い男がいるものか！」

俺にもそう思っていた時期がありました。

でも中田くん。飛鳥が言ったことは真実なんだ。

「本当だよ、慶太。信じてほしい」

「……そうか、わかったぞ。俺をあきらめさせる優しい嘘だな？　みくびらないでくれ。もし男だって言うなら、証拠《しょうこ》を見せてよ」

「……わかった。約束を反故《ほご》したのはボクだ。ボクなりに誠意を見せるよ」

飛鳥は顔を真っ赤にして、中田くんの手をとった。

そして……中田くんの手を自分の股間になすりつけたぁぁぁ⁉

「あ、飛鳥ちゃん⁉　いっ、いいいいきなり何をするん、だ……ふぁぁぁぁぁっ⁉」

中田くんは「びくぅ！」と体を震わせて飛び退《の》いた。

「飛鳥ちゃんのお股《また》に棒アイスがぶらさがっている……⁉」

その隠語《いんご》はダメだよ、中田くん！

おつゆがタレちゃう例えはNGだ！

「慶太……え、えっちなことしてごめんね？　でも、これでわかってくれた……かな？」

「そ、そんな。どうしてお股にペロペロキャンディー……？」

放心状態の中田くんは、うわ言のようにつぶやいた。

だから中田くん！　ペロペロって単語もマズいよ！

「そっ、そういうわけだから！　ボクは慶太とはお付き合いできない！」

飛鳥は恥《は》ずかしそうに目をぎゅっとつむり、「ごめん！」と言って教室に入っていった。

中田くんは白目をむき、ぶつぶつと何か言っている。

「あの、中田くん……大丈夫《だいじょうぶ》？」

「……ふふふ。飛鳥ちゃんの可愛さは変わってない……いや、むしろ可愛くなったと思う。これは可愛さに性別は関係ないことの証明に他《ほか》ならない……！」

「中田くん……？」

「恋愛《れんあい》に性別なんて関係ない！　飛鳥ちゃんは可愛い！　よりいっそう好きになったよ！

あは、あははははっ！　アハハハハハッッ！」

「中田くん……⁉」

いかん。フラれたショックでぶっ壊《こわ》れている。

……しばらく放っておいたほうがよさそうだ。

「中田くん。じゃあ、俺はこれで……」

笑い続ける中田くんに手を振って、俺も教室に戻った。

◆

その日の昼休みのことである。

俺は飛鳥に誘《さそ》われて学校の屋上にやってきた。

売店で購入《こうにゅう》したハムサンドを取り出し、食べながら飛鳥に話しかける。

「なぁ飛鳥。アレでよかったのか？」

「何が？」

「中田くんのこと。イケメンだし、性格も良さそうだったじゃん。今すぐ返事はできないだろうけど、友達からスタートするのもアリだったと思うぞ」

俺がそう言うと、飛鳥はぷくっと頰《ほお》をふくらませた。

「ひどいな、けーたは。ボクの気持ちを無下にして」

「気持ちって……」

そういえば、飛鳥は「好きな人がいる」と言って、中田くんの告白を断っていたっけ。

飛鳥の好きな人は許嫁の中田慶太。

そう思っていたから、飛鳥の「付き合えない」という言葉が理解できなかった。

だが、その「好きな人は許嫁」という前提が崩《くず》れれば、飛鳥の主張も筋が通る。

「飛鳥。もしかして、マジで他に好きな人できたの？　誰？」

「えっ……けーたはボクが『中田慶太』のことを好きだと思っていたの？」

「うん。だってお前の許嫁じゃん」

飛鳥は「こいつ鈍感《どんかん》すぎるよぉぉ……」と弱々しくつぶやき、頭を抱《かか》えた。

え？　俺またなんかやっちゃいました？

「……けーた。ボク、好きな人いるよ」

「やっぱりそうなんだ。よかったら教えてよ。俺でよければ相談に乗るよ？」

尋《たず》ねると、飛鳥はじっと俺の顔を見つめた。

吸い込まれそうな真《ま》っ直《す》ぐな瞳に、おもわずドキッとする。

「……その人はボクが迷惑をかけても、優しくしてくれるんだ。いきなり『許嫁だよ』って言い寄っても、相手にしてくれる。女の子みたいなボクを変な目で見たりしないで、友達として接してくれる。ボクが盛大な勘違いをして迷惑をかけたときも気遣《きづか》ってくれる……そういうかっこいい王子様なんだ」

「え？　お前、それって……」

もしかして、俺のことじゃないよな？

そう言う前に、飛鳥は俺に顔を近づけた。

「えっ――」

瞬間《しゅんかん》、柔らかいものが頰に押《お》し当《あ》てられる。

ほっぺにちゅーされた。

その事実に気づいた瞬間、かあっと頰が熱を持つ。

「なっ……なな何してんの⁉」

「これがボクの答えだよ……鈍感な王子様。べーっだ」

飛鳥はちろっと舌を出した。その頰はイチゴのように赤い。

「ボク、やっぱり一人でお昼食べる！」

飛鳥はパンの入った袋《ふくろ》を素早《すばや》く持って、俺から逃げるように屋上から去っていった。

俺は走り去る飛鳥の後ろ姿を呆然《ぼうぜん》と眺《なが》めていた。赤髪《あかがみ》のツインテールは波打つようになびいている。よく見ると、耳まで真っ赤だ。

……ちょっと叫んでもいいかな？

惚《ほ》れてまうやろぉぉぉぉ！

いや惚れないよ⁉　俺には雪菜先輩《せんぱい》という心に決めた人がいるんだから！　それでもあんなに可愛い子にキスされたらドキドキするわ！

あと去り際《ぎわ》のあっかんべーは何⁉　ヒロインか！　そういうツンデレは雪菜先輩で間に合ってんだよ！

だが、俺も男だ。ここは素直に認めよう。

ぼく、男の娘《こ》もしゅきぃぃぃぃぃぃぃ！

……などと叫ぶと、やまびこになるのでやめておこう。

「はぁー……雪菜先輩も飛鳥くらい積極的だったらなぁ」

嘆息《たんそく》しつつ、最近の自分を振り返る。

樹里や飛鳥に振り回されてばかりで、雪菜先輩との距離《きょり》を縮められていない。

このままでは、雪菜先輩に愛想《あいそ》を尽《つ》かされるのでは？

「……よし、決めた！　雪菜先輩ともっと仲良くなるぞぉぉ！」

ひとまず遊びにでも誘ってみるか。

決意をあらたに、俺は残りのハムサンドを口いっぱいに頬張《ほおば》った。

第二章 雪菜先輩とカラオケ

DOKUZETSU SHOJO HA AMANOJAKU

【雪菜先輩の秘密】

学校から帰宅すると、制服姿の雪菜先輩がいた。ベッドに腰《こし》かけて本を読んでいる。

「ただいま、雪菜先輩」

「おかえりなさい、歩くエロ本。今日はクラスの女子にどんなセクハラをしたの？」

「してねぇよ⁉」

誰が歩くエロ本だ。俺の存在そのものが迷惑防止条例違反《いはん》みたいな言い方をするんじゃないよ。

「まったく。雪菜先輩はすぐ俺のことをスケベ扱いするんだから……本、何読んでるんです？　まさか、また拷問《ごうもん》に関する本なんじゃ……」

「今日はより実践的《じっせんてき》な本を読んでいるわ」

実践的……なんだろう。実用書かな？

本の背表紙を確認《かくにん》する。タイトルは『イラストでわかるテコンドー』だった。まだ強くなるつもりだよ、この人。

「雪菜先輩。まさか俺に実践《じっせん》するつもりじゃないでしょうね？」

「そのつもりよ。啓太《けいた》くんの喜ぶ顔が見たいもの」

「誰がテコンドーの技くらって喜ぶんだよ！　変態か！」

俺が喜ぶのは寝技だけだっつーの……いや変態じゃねぇか俺！　しっかりしろ！

……っと、いけない。また雪菜先輩に会話の主導権を握《にぎ》られている。

このままじゃダメだ。

だって、今日は雪菜先輩を遊びに誘うって決めたんだから。

最近は転校してきた飛鳥《あすか》の世話ばかりしていた。そのせいで、雪菜先輩と仲を深めるイベントは皆無《かいむ》。飛鳥の件が落ち着いた今こそ、デートを企画《きかく》するチャンスだ。

……とはいえ、毎度のことながらデートに誘うのは緊張《きんちょう》する。

カラカラの喉《のど》にグッと力を込めて、俺は声を出した。

「雪菜先輩……こ、今度の日曜日は空いてますか？　よかったら、カラオケ行きません？」

思いきって言ってしまうと、緊張が一気に和《やわ》らいだ。

カラオケこそ、二人の仲を深めるデートプランだと思う。

以前、二人きりで花火を見たとき、雪菜先輩はデレた。

　俺はこの『二人きり』という点に着目した。密室で二人きりになれば、再び素の雪菜先輩と話せるのではないかと考えたのだ。

　カラオケの利点はそれだけではない。デュエットで距離を縮める、という裏技《うらわざ》もある。

　俺と雪菜先輩は「ロックバンドのトラモンが好き」という共通点がある。二人でトラモンの曲を歌えば、仲良くなること間違いなしだ。

「そう。啓太くんは私とカラオケに行きたいの。ちょうど日曜日は空いているのよね」

　雪菜先輩はそう言って、ふっと微笑《ほほえ》んだ。

「遠慮《えんりょ》しておくわ」

「この流れで⁉」

　なんでだよ。今いけそうな雰囲気《ふんいき》だったじゃないか。

　だが、俺もここで引くわけにはいかない。

「どうしてですか？　一緒《いっしょ》に行きましょうよ、カラオケ」

　めげずに誘うと、雪菜先輩は言いにくそうに口を開いた。

「その……私、あまり歌が上手《うま》くないの。音痴《おんち》なのよ」

　そういえば……以前、壁越《かべご》しに雪菜先輩の鼻歌を聞いたことがあったけど、音程がだいぶズレていたっけ。

「もしかして、音痴なことを気にしているんですか？」

尋ねると、雪菜先輩は顔を赤くしてこくんとうなずいた。

普段《ふだん》は毒舌《どくぜつ》で強気なのに、カラオケで歌うことを恥ずかしがるなんて……可愛いすぎかよ！　これだから雪菜先輩はやめらんないぜ！

「じゃあ歌の特訓しましょう！　俺でよければ付き合いますよ！」

「啓太くん……そこまでして私に密室でお仕置きされたいの？　とんだ豚《ぶた》ね」

「そうは言ってなかったよねぇ⁉」

照れ隠《かく》しするたびに、俺をドM設定にしないでくれ。

「俺、雪菜先輩とトラモンの曲をデュエットしたいなって思って……ダメですか？」

「啓太くんとデュエット……」

雪菜先輩はしばらく考えたのち、むすっとした顔で俺を睨《にら》んだ。

「……ふん。たまには下僕《げぼく》と戯《たわむ》れてあげるのも主人の務めね。いいわ、カラオケに行ってあげる」

雪菜先輩らしい返答に、おもわず安堵《あんど》のため息が漏《も》れる。

「ほっ……それじゃあ、詳細《しょうさい》は夜にでもメッセージで送りますね」

「わかったわ。それと、一つだけ約束しなさい」

「約束ですか？」

「……私が音痴だってこと、誰にも言わないでね？　二人だけの内緒《ないしょ》よ？」

雪菜先輩《せんぱい》は唇をつんと突《つ》き出《だ》して、上目づかいでお願いしてきた。

……ちょっと叫《さけ》んでもいいかな？

雪菜先輩可愛《かわい》いすぎだろぉおおぉ！

二人だけの内緒よ、だってさ！　もしバラしたらどうなっちゃうの⁉　「啓太くんのばかばか！　内緒だって言ったじゃない！　もう知らないっ！」って頬をふくらましてすねるんですかね⁉　俺、気になります！

見たい……雪菜先輩が可愛く怒《おこ》る姿を写真に収めたい……！

……などと叫ぶと、覚えたてのテコンドーが炸裂《さくれつ》するのでやめておいた。

「はい。もちろん、俺たちだけの秘密です――」

がちゃ！

約束を交《か》わしたのとほぼ同時に部屋のドアが開いた。毎度のことだけど、インターホン鳴らせっての。

「啓太せんぱい、お邪魔《じゃま》しますっすー！」

「ククク。我《われ》もいるぞ……ごきげんよう」

挨拶しながら、樹里《じゅり》とシャロが部屋に入ってきた。

「あれれ。雪菜せんぱいもいたんすね……二人で何を話していたんすか？」

そう言って、樹里は俺に顔を近づけてきた。何かを探《さぐ》るような樹里のジト目に、おもわず視線をそらす。

「べ、べっつにー？　ただの雑談だよ」

「本当っすか？」

「うん。本当だよ」

「怪《あや》しいっす。じぃーっ……」

「そ、そんなに疑うなよ。今度カラオケに行くって話をしていただけだ」

「カラオケ⁉　ウチも行きたいっす！」

し、しまったぁぁぁぁ！

空気読めないヤツの前で失言したぁぁぁぁ！

「あ、いや。樹里には悪いんだけど、今回はその、雪菜先輩と二人でだな……」

「そんな寂《さび》しいこと言わないでくださいっす！　シャロちゃんも行きたいっすよね？」

「シャロちゃん言うな！　ククク……戦慄《せんりつ》の歌声を響かせようぞ……」

樹里とシャロは「わーい！　カラオケだー！」と盛り上がっている。

ちらりと雪菜先輩を見る……って、めっちゃ睨んでるし！

「啓太くん。どうして正直に答えたの？　みんなでカラオケに行ったら、私の秘密がバレることくらい想像つくでしょう？　愚図《ぐず》。馬鹿《ばか》。間抜《まぬ》け」

げしげし！

雪菜先輩は俺の足を強めに蹴《け》った。

ううっ、返す言葉もございません……。

「じゃあ四人でカラオケっすね！」

「ククク……とっても楽しみー！」

樹里とシャロが盛り上がるのを見て、俺と雪菜先輩は盛大に嘆息するのだった。

◆

約束の日曜日がやってきた。

集合場所の駅前に行くと、すでに全員集合していた。俺が最後だったらしい。

「悪い。待たせちゃったかな？」

尋ねると、樹里が代表して「なはは。気にしなくていいっすよー」と笑った。

「ちょうど今全員そろったとこっす。それにまだ待ち合わせ時間の五分前っすから」

樹里はワンピースにカーディガンを合わせたシンプルな服装だった。なお、ワンピースはバストを強調する仕様になっている。

こ、これはすごい乳圧《にゅうあつ》だ……ごくり。

「……くすっ。啓太せんぱい、早速《さっそく》えっちなんすから」

樹里は顔を赤くして笑いながら、俺にしか聞こえない声でそう言った。

「わ、悪い！」

俺は慌《あわ》てて視線をそらした。

樹里のヤツ、照れるくらいならからかうなよ。ちょっと可愛いじゃんか……ちょ、ちょっとだけな⁉

「ククク。全員そろったようだな……常闇《とこやみ》に眠《ねむ》る棺桶《カラオケ》にいざ行かん！」

興奮気味のシャロは「早く行こー！」と樹里の服を引っ張って急《せ》かした。

シャロは黒いジャケットに白いシャツ、下はデニムの短パンという服装だ。ネクタイやチェーンなどの小物を取り入れている。さすが中二病。少年心をくすぐるロックなファッションだ。

ちらりと雪菜先輩を見る。Tシャツに黒を基調としたスカートの組み合わせ。さらにはグリーンのキャスケット帽《ぼう》をかぶっている。

雪菜先輩はぶすっとした顔で俺を睨んでいた。

「雪菜先輩。あの……怒ってます？」

「べつに怒ってないわよ。ただ、今日は絶好のお仕置き日和《びより》だということは伝えておくわ」

「静かにブチギレていらっしゃる⁉」

やべぇよ。今日のゆっきー激おこじゃん。

そりゃそうだよな。樹里やシャロと遊ぶことになったの、俺のせいだし……雪菜先輩には申し訳ないことをしちゃったな。あとでちゃんと謝《あやま》ろう。

「ささっ、カラオケ行きましょうっす。実はもう予約してあるんすよ」

「おっ、樹里にしては珍《めずら》しく気が利《き》くじゃん」

「もう！　啓太せんぱいは一言余計なんすよぉ！」

「あはは、悪かったよ」

俺たちは楽しく会話しながら目的地に向かった。

……歩いている間、雪菜先輩も笑ってはいたが、一言も発さなかったのが気にかかる。

五分ほど歩き、カラオケ店に到着《とうちゃく》した。最近オープンしたばかりの大手チェーン店で、四階建ての大きな建物だ。

受付を済ませた俺たちは305号室に入った。

「よーし、歌うっすよー！　誰《だれ》がトップバッターっすか？」

「落ち着けって。まずはドリンクだろ」

俺はマイクとリモコンを用意する樹里に待ったをかけた。

「あ、忘れてたっす。ドリンクバーにGOっすよ、シャロちゃん！」

「シャロちゃん言うな！　ククク。我は刺激的《しげきてき》な悪魔《あくま》の血液を所望《しょもう》する……」

「コーラっすか？」

「うん！　炭酸大好きー！」

「ウチも炭酸好きっす。メロンソーダにしようっと」

樹里とシャロは、はしゃぎながら部屋を出て行った。

キャスケット帽を脱いだ雪菜先輩も彼女《かのじょ》たちに続いてドリンクを取りに行こうとする。

その横顔があまりにも退屈《たいくつ》そうで、声をかけずにはいられない。

「あの、雪菜先輩！」

引き止めると、雪菜先輩は振《ふ》り返って俺を見た。

「何かしら？」

「今日はすみませんでした。二人だけの秘密って言ったのに、俺のせいで樹里たちまでついて来ちゃって……こんな状況じゃ歌えないですよね」

謝ると、雪菜先輩は呆《あき》れたようにため息をついた。

「はぁ。もういいの。私が憂鬱《ゆううつ》なのは他にも原因があるし」

「えっ……そ、そうなんですか？」

「……気にしないで。私がワガママなだけ。ちょっと浮《う》かれてしまったのよ」

……浮かれてしまった？

どういう意味だろう。

俺には雪菜先輩が不機嫌《ふきげん》な理由がわからない。

「あの、雪菜先輩――」

「そんなことより！」

雪菜先輩はむすっとした顔を俺に近づけた。

「啓太くん。あなた、さっき樹里ちゃんの胸元《むなもと》ばかり見ていたでしょう？」

ばっちりバレてました。死にたい。

「い、いや、あの樹里の服装はなんというか……」

「なんというか？」

「……男のロマンですよね。へへっ」

「そう。お仕置き事案ね。ちょうど試《ため》したい技《わざ》があるの」

「いやぁぁぁぁ！　テコンドーはやめてぇぇぇ！」

俺の叫びも虚《むな》しく、雪菜先輩は蹴りの体勢に入った――が、急に体勢を崩した。

足元を見る。何故《なぜ》か床《ゆか》に置いてあったおしぼりの上に、雪菜先輩の軸足《じくあし》があった。

「んなっ……きゃっ！」

どてーん。

雪菜先輩は勢いよく尻《しり》もちをついた。

「だ、大丈夫《だいじょうぶ》ですか！　雪菜せん、ぱい……!?」

雪菜先輩の状態を見て、言葉を失った。

スカート姿の雪菜先輩が……M字開脚《かいきゃく》してパンモロしてるぅぅぅ!?

まさかの黒のパンティーだった。ひらひらのレースがついていて、大人らしさとセクシーの中に可愛さがある。まさに雪菜先輩そのものを体現しているようなパンティーだ。

知識のない俺でもわかる。絶対に勝負下着だよ、これ。

「いてて……もう！　どうしておしぼりが床に落ちて……ぇぇぇぇぇっ!?」

雪菜先輩はがばっと股を閉じた。

俺は慌てて視線をそらす。

「啓太くん！　今見たでしょう⁉」

「いえ！　黒いパンティーなんて見てません！」

「ばっちり見てるじゃないの！」

しまった。最近の俺、失言しかしてないわ。

「下僕のくせに主人を辱《はずかし》めるなんて……許さないわ！」

「なんで⁉　今のは完全に自滅《じめつ》じゃないですか！」

「おだまり！　天に召《め》されなさい！」

雪菜先輩は素早く立ち上がり、真上に高く跳躍《ちょうやく》した。素早く膝《ひざ》をたたみ、最高点に達したところで、俺に向かって刺《さ》すように足を伸《の》ばしてくる。

こ、これは！　テコンドーの技の一種、跳び前蹴り《ティミヨ・アプチャプシギ》じゃないか！

さすがにこれはシャレにならない。

俺は咄嗟《とっさ》に後ろに下がろうとしたが――。

「うおっ！」

足がもつれて後ろに倒《たお》れる。俺は雪菜先輩と同じような格好で尻もちをついた。

「いてて……」

「あっ……ふ、ふん！　いい気味だわ！　少しは反省しなさい、このパンティー泥棒《どろぼう》！」

「いや盗《ぬす》んではないよ⁉」

雪菜先輩は俺のツッコミを聞かずに部屋を出ていってしまった。

まだ少し痛むおしりを擦《さす》りながら考える。

雪菜先輩に謝れたのはいいけど、どうも様子がおかしかった。浮かれていたと言っていたけど、あのクールな雪菜先輩が浮かれるほど期待していたことってなんだろう？

一つだけたしかなのは、雪菜先輩が楽しんでいないってことだけだ。

「……気持《き》ちを切り替《か》えて、雪菜先輩に楽しんでもらえるように頑張《がんば》るか！」

やっぱり、好きな人には笑顔《えがお》でいてほしいもんな。

俺は部屋を出て階段に向かった。ドリンクバーは一つ下の階にあるので、エレベーターを待つよりも階段を下りたほうが早いのだ。

階段のそばまでやってくると、

『やっちゃったぁ……またやっちゃったよぉぉぉぉ！』

雪菜先輩の素の声が聞こえてきた。

これは……まさか出張版デレ？

こっそり階段を覗《のぞ》くと、雪菜先輩は階段に体育座《ずわ》りをしていた。頭をわしゃわしゃと揉《も》みくちゃにしている。

『ついカッとなって跳び前蹴り試《テイミヨ・アプチャプシギ》しちゃった……アレがまともに顔面ヒットしたら、今《いま》頃《ごろ》啓太くんの頭は吹き飛《ふ》……ふぅ。あれくらいですんでよかったぁ』

ちょっと待て！　今『吹き飛《と》ぶ』って言いかけたよねぇ⁉　あの蹴りをくらっていたら、今頃どうなっちゃってたの俺《おれ》⁉

『はぁ……別に秘密がバレそうだから怒っているわけじゃないのに。気づいてよ、にぶちん』

え……マジで？

じゃあ、どうして雪菜先輩は怒っているの？

『私が怒っているのは、啓太くんと二人きりのデートじゃなくなっちゃったから……でも、そんなこと恥ずかしくて言えないよぅ』

雪菜先輩は『啓太くん』と俺の名前を愛《いと》おしそうに呼んだ。

『……好きな男の子に自分だけを見てほしいって思うの、ワガママかな？』

雪菜先輩は『啓太くん。めんどくさい女の子でごめんね？』と付け足して、膝に顔をうずめてしまう。

……ちょっと叫んでもいいかな？

雪菜先輩可愛すぎだろぉぉぉぉぉ！

二人きりのデートじゃなくなったから、すねていただけだったんかい！　気づかなくてごめんね！　じゃあ、もう毎日デートしよう！　なっ？　そうしよう！

ワガママじゃないよ、雪菜先輩……いや、ワガママでもいい！　振り回《まわ》されてもいい！

前も（脳内で）言ったけど、俺は雪菜先輩の不器用なところを含《ふく》めて好きなんだから！

……などと言えるはずもなく、俺は気持ちが伝わるように念じた……届け、この想《おも》い！

雪菜先輩の気持ちはわかった。

これでやることは決まったな。

「雪菜先輩が『俺としたいこと』……一緒にしましょうね」

俺はその場から静かに立ち去り、エレベーターを使って階下に向かうのだった。

◆

俺たちは各々《おのおの》ドリンクを用意して３０５号室に戻《もど》った。

「今度こそ、曲入れましょうっす。誰が最初に歌うっすか？」

樹里が尋ねると、シャロが静かに手を上げた。

「ククク……我《われ》が先陣《せんじん》を切ろう。魔界《まかい》の旋律《せんりつ》に酔《よ》いしれるといい」

シャロはリモコンを手に取り、夢中でピコピコとボタンを押した。

しばらく操作したのち、室内のBGMが消え、画面に曲名が表示される。

タイトルは『現実逃避《とうひ》ドリーマー』。

聞いたことはないが、曲名は知っている。

「これは……たしか『きゃわわ5』の曲だっけ？」

尋ねると、シャロは「うんっ！」と満面の笑《え》みでうなずいた。

『きゃわわ5』とは五人組のアイドルバンドである。

ユニークな歌詞や派手なパフォーマンスも人気だが、最大の特徴《とくちょう》はジャンルがデスメタルという点だ。激しい演奏とデスボイスが、可愛い見た目とギャップがあって話題となっている。

「ククク。きゃわわ5からは闇《やみ》の波動を感じる……良き哉、良き哉」

「なるほど。シャロちゃんは、きゃわわ5が好きなんだ？」

「シャロちゃん言うな！　めっちゃ好きー！」

シャロは「動画見て振り付《つ》けの練習もしてるんだよ！」と嬉《うれ》しそうに自慢《じまん》した。可愛すぎかよ、小学生か。

シャロは意味深に笑いながら、マイクを手に持った。

曲が始まると、シャロは立ち上がり『現実逃避ドリーマー』を歌い始めた。


『働きたくなぁぁぁぁい！（デス声）』

『週休七日！　週休七日！　週休七日で自宅を守れ！（デス声）』

『愛などいらぬ！　金さえあればそれでいい！（デス声）』

『私はクズだ、それがどうした！（デス声）』


これが現実逃避ドリーマー……なんて酷《ひど》い歌詞なんだ！　実家のママが泣いてるぞ！

純粋無垢《じゅんすいむく》なシャロの口から、こんなにも悲しい言葉が発せられようとは……というかデスボイス上手いな！　どんだけ特訓したんだよ！

間奏が始まると、シャロは首を上下に激しく動かした。振り付けってヘドバンのことだったんかい。

その後もシャロは地獄《じごく》を震《ふる》わすような声で歌い続けた。

サビの『私は世界を救うので忙《いそが》しい！　ネトゲの世界にいざゆかん！』のところは、正直ちょっとかっこいいなって思ってしまった。不覚。

曲が終わると、樹里は両手をパチパチと鳴らした。

「おおー！　シャロちゃんすごいっす！　ね、雪菜せんぱい？」

「……そうね。変態的なデス声、見事だったわ」

雪菜先輩は薄《うす》く微笑んで、小さく拍手《はくしゅ》した。

……雪菜先輩、やっぱり元気ないな。

ふと普段の毒舌が恋《こい》しくなる。

もう少しだけ待っててね、俺の大好きな人。

そのときが来たら、必ずあなたを笑顔にしてみせるから。

「よーし！　次は誰が歌うんすか？　雪菜せんぱいの歌も聴《き》きたいっす！」

「いえ。私は遠慮しておくわ。みんなが歌うのを見ているのが好きだから」

「そ、そうっすか？　じゃあ、ウチが歌うっすね」

樹里はリモコンを手に取って曲を入れた。

こうして俺たちは……俺たち『三人』は順番に歌っていった。

◆

三人がそれぞれ歌い終わると、シャロは空っぽになったグラスを持った。

「ククク……悪魔の血液が欠乏《けつぼう》しておるわ」

「歌うと喉渇《のどかわ》くよね。ドリンクバー行く？」

「行くー！」

尋ねると、シャロが元気よく返事した。

「あ！　じゃあウチも行くっす！」

ふと樹里のグラスを見る。もうほとんどメロンソーダは残っていない。

よし。これはチャンスだ。

「悪い、樹里。俺トイレ行くから、俺のぶんもドリンク淹《い》れてきてくれない？」

「いいっすよー。何にしますか？」

「ウーロン茶で」

「なははー、渋いっすね。了解《りようかい》っす。行こう、シャロちゃん！」

「ククク……皆《みな》の衆、馬を持て！　ヴァルハラへ向かうぞ！」

二人はわいわい盛り上がりながら部屋を出ていった。

作戦成功だ。

これで、雪菜先輩と二人きり。

「……啓太くん？　おトイレはいいの？」

雪菜先輩は不思議そうに尋ねた。

俺は首を横に振る。

「トイレに行くっていうのは嘘《うそ》です」

「行かないの？　それじゃあ、ここでするつもり？　女の子に用を足す姿を見せつけて興奮するなんて……変態の極《きわ》みね」

「アクロバティックな解釈《かいしゃく》をするな！　尿意《にょうい》がないって意味ですよ！」

雪菜先輩は「あら、そういうこと」と笑った。絶対わざとだろ。

「でも、どうしてそんな嘘をついたの？」

「雪菜先輩と二人きりになりたかったからですよ」

そう言うと、雪菜先輩は目を丸くした。

「どういう意味かしら？」

「トラモンの曲、一緒に歌いませんか？　二人きりなら、おもいっきり歌えるでしょ？」

雪菜先輩がカラオケを楽しめていないのは、音痴がバレるからじゃない。俺と二人きりじゃないからだ。

俺と二人きりなら、雪菜先輩は楽しく歌える……俺はそう考えた。

だったら、俺のやることはただ一つ。

樹里とシャロがいない時間を作り、その隙《すき》に雪菜先輩の願いを叶《かな》えることだ。

「啓太くん……」

「ダメですか？　俺、雪菜先輩と一緒に歌うの楽しみだったんです」

笑顔でそう言うと、雪菜先輩は唇《くちびる》をつんと尖《とが》らせた。

「仕方ないわね。ムチばかりではなく、アメを与《あた》えるのも主人の務めだわ」

そして、本当に小さい声で一言。

「やっぱり啓太くんは優《やさ》しいな……ふふっ」

雪菜先輩は目を細めて笑った。普段のクールな表情ではない。俺しか知らない、あどけない笑顔だ。

ねぇ。雪菜先輩。

……ちょっと語ってもいいかな？

その笑顔も素敵《すてき》だけど、あなたの魅力《みりょく》はそれだけじゃない。

クールな顔も。俺を罵倒《ばとう》するサディスティックな笑みも。すねたときの子どもっぽい顔も。頼《たよ》りがいのあるお姉さんのような表情も。恥《は》ずかしそうに頬を赤らめる横顔も。

全部、大好きです。

俺が今、もっとも守りたいものなんです。

だから、悩《なや》んでいるときはサインをください。すぐに助けに向かいます。

俺に気をつかう必要はありませんよ。

あまのじゃくな雪菜先輩に振り回される日々は、俺にとって幸せな時間なんですから。

……なんて語る勇気は俺にはない。ヘタレでごめんなさい。

俺は雪菜先輩にそっとマイクを渡《わた》した。

「雪菜先輩。何の曲にします？」

「……『恋愛偏差値《れんあいへんさち》最底辺ガール』」

「おおっ！　トラモンのデビュー曲ですか！」

雪菜先輩は「私はこの曲を聴いてトラモンにハマったのよ」と微笑んだ。

『恋愛偏差値最底辺ガール』は、好きな男の子の前だと素直《すなお》になれず、冷たい態度を取ってしまう不器用な少女の恋心《こいごころ》を歌った曲だ。

……きっと歌詞に出てくる女の子と共感する部分があるんだろうなぁ。

「啓太くん。どうして笑っているの？」

「ふふっ。なんでもありません」

「何よ。下僕のくせに生意気ね」

「あはは……っと、悠長《ゆうちょう》にしていられませんよ。樹里たちが返ってくる前に早く曲を入れましょう」

「ええ。そうね」

俺はリモコンを操作して『恋愛偏差値最底辺ガール』の曲を入れた。

「ねぇ、啓太くん。この曲だけは、私に歌わせてくれないかしら？」

「えっ？　でも、デュエットは……」

「せっかく誘《さそ》ってくれたのに申し訳ないけど……この曲は啓太くんに聞いてほしい曲なの」

「俺に、ですか？」

「だから一人で歌わせてほしい。ダメかしら？」

「……わかりました。じゃあ、デュエットは時間があれば」

「ええ。ありがとう」

雪菜先輩は不安そうに微笑んだ。マイクを持つ手は少し震えているように見える。

緊張しているのは、人前で苦手な歌を歌うから？

それとも、俺のために歌うから？

わからないけれど、一度はＯＫしたデュエットを断ったんだ。それなりの理由と想いがあってソロで歌う決意をしたのだろう。緊張するのもわかる気がする。

ＢＧＭが消え、曲が始まった。

この楽曲は疾走《しっそう》感のあるベースラインから始まる。ミュート状態の弦《げん》を鳴らすことで生まれる微《かす》かな音――ゴーストノートが耳に心地《ここち》よい。飛び跳《は》ねるような旋律はさながら低音の行進曲《マーチ》。恋愛《れんあい》が苦手な女の子が不安を蹴《け》散《ち》らしていく爽快《そうかい》なメロディーだ。

雪菜先輩は緊張した面《おも》持ちで、唇にマイクを近づけた。

イントロが終わり、メロディーが表情を変える。

素直になれないだけよ　何か文句ある？
いいこと？　早く私の気持ちに気づきなさい

あなたって意《い》気《く》地《じ》なしね　こっちは激おこよ
『好き』のサインを見逃《みのが》さないでね　私は『スキ』だらけなんだから

Ａメロが終わり、再び音が変わる。おもちゃ箱をぶちまけたみたいに、賑《にぎ》やかで楽しいメロディーだ。

歌詞もいい。不器用な少女の想いが凝縮《ぎょうしゅく》されている。私、見た目ほど強くないわ。もっと私にかまってよ。あまのじゃくな心の声は、室内に降り積もっていく。

予想していたよりも、雪菜先輩はずっと下手くそだった。音程はすぐ外すし、全然リズムに乗れていない。

でも、俺は雪菜先輩から目をそらすことができなかった。その真剣《しんけん》なまなざしと感情を乗せた歌声が、俺の心を掴《つか》んで離《はな》さない。

雪菜先輩は言った。この曲を俺に聞いてほしいと。

きっとこの歌詞は雪菜先輩の気持ちそのもの。俺に向けたメッセージだと捉《とら》えるのは、少々都合が良すぎるだろうか。

Bメロが終わり、サビがやってくる。

わがままかしら　嫌《きら》いになった？

許してよね　私はあまのじゃくなんだから
わがままでもいい？　視界に入った
君の優しい横顔　一目《ひとめ》惚《ぼ》れだったから

わがままじゃないわ　気づいてほしいわけ
見つけ出してよ　世界で一番ピュアなこの気持ち

わがままジャマイカ　キスしてほしいだけ！
意地悪しちゃうのは　『大好き』の裏返し

ああ　素直に好きって言えないわ！　ＨＥＹ！

雪菜先輩の渾身《こんしん》のシャウトで曲は終わった。

これがトラモンの楽曲だってことはわかっている。

だけど、俺にはもう雪菜先輩の心の声にしか聞こえなかった。

やや間があって、雪菜先輩は振り返《かえ》った。

「……歌、へたっぴでしょう？」

返答に怯《おび》えるような表情で、雪菜先輩は俺に尋《たず》ねた。

安心させてあげたくて、俺は笑って言ってあげた。

「下手くその極みでした。まるで音痴《おんち》のお手本です」

「でも……俺、夢中で聞き入っちゃいました。雪菜先輩の気持ちがこもっていて、心に響《ひび》いたっていうか。エモくて、力強くて、それでいて女の子らしい感じもあって……あはは。上手《うま》くまとめられなくてすみません」

「ううん、いいわ……さっきも言ったけど、この歌は啓太くんに聞いてほしかったの」

どうしてこの曲を俺に？

そんな野暮《やぼ》なことを聞かなくてもわかっている。

雪菜先輩はあまのじゃくだから、こうして遠回しに気持ちを伝えることしかできないんだ。

その不器用さが愛しくて、俺はますます雪菜先輩のことが好きになる。

「雪菜先輩」

恥ずかしがり屋《や》の雪菜先輩が、ちゃんと気持ちを伝えてくれたんだ。

言わなきゃ。

あなたの気持ちに気づいていますって。

俺も雪菜先輩のことが好きですって。

「啓太くん……？」

「そこまで言う⁉」

雪菜先輩《せんぱい》は頬を赤くして、期待するように俺の瞳《ひとみ》を覗き込む。

俺はゆっくりと唇を動かす。

「俺、雪菜先輩のこと――」

がちゃ！

部屋のドアが大きな音を立てて開いた。

「ただいまーっす！」

樹里が笑顔で部屋に入ってきた。

樹里ぃぃぃ……またお前かぁぁぁぁ！

これで何度目だ⁉　さすがにわざとだろ！

今度こそ雪菜先輩に告白するつもりだったのに……またおあずけかよ！

「ククク。悪魔の血液に女神《めがみ》の涙《なみだ》をブレンドしたぞ……」

少し遅《おく》れてシャロも戻ってきた。たぶん、コーラにオレンジジュースを混ぜたのだろう。

普段《ふだん》ならシャロを愛《め》でるところだが、そんな気力さえない。

落ち込んでいると、雪菜先輩が俺の耳元に唇を近づけた。

生温かい吐息《といき》と共に、ドSな声が耳をくすぐる。

「……これからもワガママな私に付き合うのよ？　約束してね……私の下僕《げぼく》」

俺だけに聞こえるようにそう言って、雪菜先輩は俺からは離れた。

雪菜先輩の顔は夕焼け空のように赤く染まっていた。

……ちょっと叫《さけ》んでもいいかな？

雪菜先輩可愛《かわい》すぎだろぉぉぉぉ！

素直じゃないし！　毒舌《どくぜつ》だし！　照《て》れ隠《かく》しに寝技《ねわざ》や足技《あしわざ》で攻撃《こうげき》してくるし！　自分の意見はなかなか曲げない頑固者《がんこもの》だし！　おっしゃるとおり、本当にワガママだよ！

だけど！

俺は！

そんな雪菜先輩に惚《ほ》れてるんやでぇぇぇぇぇッ！

……などと叫べたら、どれだけ楽になれるだろうか。

「はぁ……」

俺は大きくため息をついた。

好きな人に気持ちを伝えることが、こんなに難しいことだとは思わなかった……というか、タイミングよく邪魔《じゃま》が入りすぎ。なんなの？　俺、ラブコメの神様に嫌われてるの？

樹里は俺の目の前にコップを置いた。

「はい、啓太せんぱい。ウーロン茶っす」

「うん……ありがとね」

「あれ？　元気ないっすね。どうかしました？」

お前のせいだよ！　俺の恋路《こいじ》を邪魔する悪魔め！　いい加減にしろよ、このデビルおっぱいが！

くっ……もう頭にきた！

「おい樹里。今なんて言った？」

「へっ？　いや、元気ないっすねって……」

「元気がないだぁ……？　アホぬかせ！　元気ビンビン丸だわ！」

溜《た》まりに溜まったこのフラストレーション、カラオケで発散してやるぜ！　ヒャッハー！

俺はリモコンを手に取って、連続でトラモンの曲を入れた。

「おおっ！　啓太せんぱいが本気モードになったっす！」

「ククク……さすが我が眷属《けんぞく》。どうやら第三の目《サードアイ》が開眼したようだ」

樹里とシャロはきゃっきゃと盛り上がっている。いや俺にサードアイないから。あるとすればサド愛くらいだわ。雪菜先輩、明日からもっと強いのをお願いします！

俺はマイクを握《にぎ》り直した。

『みんな！　今日は俺のライブに来てくれてありがとう！』

調子に乗った俺のMCに呼応するかのように、樹里とシャロが「フゥゥゥー！」と声を上げる。雪菜先輩は呆れたような顔をしていたが、やがてクスクスと笑った。

『早速いくぜ！　一曲目は「これはひじきですか？　いいえ、ハジキです」だ！』

この後、めっちゃ歌った。

歌っているとき、雪菜先輩が小さく合いの手を入れていたことを俺だけが知っている。

◆

カラオケで遊んだ翌日のことである。

学校から帰宅すると、いつものように制服姿の雪菜先輩が部屋にいた。

先輩はベッドの上に腰《こし》かけて文庫本を読んでいる。すっかり見慣れた光景だ。

「ただいま、雪菜先輩」

挨拶《あいさつ》すると、雪菜先輩は本にしおりを挟《はさ》んでベッドの上に置いた。

「おかえりなさい、下僕」

雪菜先輩はじぃーっと俺を見つめている。

な、なんだ？　俺、また何かやらかしたか？

「雪菜先輩。俺の顔に何かついてますか？」

「顔にはついてないけれど、啓太くんの肩《かた》に白装束を着た若い女の腕《うで》が……」

「憑《つ》いてるってそっち⁉」

まさかのゴーストかよ！　冷静に指摘《してき》している場合か！

「冗談《じょうだん》よ。何もついていないわ」

「お、驚《おどろ》かさないでくださいよ……」

「それよりも、私に何か言うことがあるでしょう？」

雪菜先輩はジト目で俺を睨《にら》みつけた。

言うことといえば……たぶん、アレのことだよなぁ。

「雪菜先輩。その、昨日のカラオケはすみませんでした」

結局、雪菜先輩はあの一曲しか歌わなかった。いや、歌えなかったというべきだろう。

音痴がバレてしまうから、ずっとみんなの歌を聞いていたのだ。

「わかっているなら話は早いわ」

雪菜先輩は足を組み、ビシッと俺を指差した。

「今日一日、私の奴隷《どれい》になってもらうわ。それでチャラにしてあげる」

「奴隷って……下僕と何が違《ちが》うんですか？」

「私の命令に従うのよ。言っておくけど、奴隷に拒否権《きよひけん》はないから」

それっていつもどおりでは？

……などと言うと、雪菜先輩の機嫌《きげん》を損《そこ》ねる。ここは黙《だま》って従おう。

「わかりました。今日は雪菜先輩の奴隷になります」

「ものわかりのいい奴隷ね。褒《ほ》めてつかわすわ」

雪菜先輩は自分の肩をちょんちょんと叩《たた》いた。

「奴隷。肩を揉みなさい」

「え？　肩揉《かたも》みですか？」

俺はてっきり「紐《ひも》なしバンジージャンプをしなさい」とか「今日から一か月間、醤油《しょうゆ》しか飲んではダメよ」などの理不尽《りふじん》な命令をされると思っていた。それに比べたら、肩揉みなんて朝飯前だ。

「失礼します」

俺は雪菜先輩の後ろに座り、両肩《りょうかた》に手を添《そ》えた。

そういえば、女の子の肩を揉むのって初めてだな。

……いかん。ちょっと緊張《きんちょう》してきた。

「何をしているの？　早く私を気持ちよくさせて？」

「き、気持ちよくですか⁉」

落ち着け、俺。肩の筋肉をほぐして気持ちよくしろという意味だ。けっしていやらしいマッサージをしろという意味ではない。

邪《よこしま》な考えを振り払《はら》い、肩を揉む。

雪菜先輩の肩は想像していたよりも硬《かた》かった。もう少し力を込めないと筋肉はほぐれないだろう。

俺は親指にグッと力を込めた。

「んっ……いきなり激しいっ……！」

雪菜先輩がわずかに身をよじる。

「ご、ごめんなさい。弱めにやりますね」

「ううん、今くらいでいいわ。もっときて？」

雪菜先輩の気持ちよさそうな甘《あま》ったるい声に、俺の心拍数《しんぱくすう》は跳ね上《あ》がる。

「い、いきますねっ！」

もみもみ。

くにゅくにゅ。

「あっ、あっ」

「雪菜先輩。ここが気持ちいいんですね？」

「んっ……いいっ……すごく、いいわ……啓太くん、もっときてぇ？」

いやエッチすぎるわ！

肩揉んでるだけなのに、そんないやらしい声だしちゃってもう！　この子ったら、もう！

まったく……雪菜はスケベな子だよ。

これはお仕置きが必要だな。

調子に乗った俺は、肩揉みを続けた。

「ほら、雪菜先輩。ここがいいんでしょう？」

「あっ……なんで、私の弱いところを……！」

びくんびくん！

雪菜先輩の体が弓なりに反った。

「もっと欲《ほ》しいですか？」

「いやぁ……そんなに激しくしたら、私、変になっちゃう……」

「ほう。どうなるのか興味ありますねぇ」

「け、啓太くん。やめて、ちょっと強い……痛いわ」

「聞こえませんなぁ？　どうしてほしいかちゃんと言ってくださいよ！」

「いや、だから痛いって……」

「ほら！　その生意気な口で！　さあ！」

「痛いからやめてって言ってるでしょ！　この豚三昧《ぶたざんまい》！」

「ごふぅ！」

雪菜先輩の肘《ひじ》が俺の鳩尾《みぞおち》に沈《しず》んだ。

「力加減もわからないの？　本当に使えない奴隷ね」

「す、すみません。調子こきました……」

「ふん。いいわ。もう一度チャンスをあげる」

そう言って、雪菜先輩はベッドの上でうつ伏《ぶ》せになった。

「次は私の足をマッサージしなさい」

「い、いいんですか⁉」

俺は雪菜先輩の足に視線を落とす。

制服のスカートから伸《の》びる白い足。柔《やわ》らかそうな太もも。ニーソックスに包まれたふくらはぎ。俺を誘うようにもぞもぞと動く足の指。これらが無料で揉み放題⁉

「啓太くん。今度はちゃんと私を気持ちよくするのよ？」

雪菜先輩のその一言が、俺のやる気スイッチをＯＮにした。

「はい、ご主人様！　よろこんでぇぇぇ！」

ふへへ……雪菜先輩、スケベしようやぁ……！

鼻息を荒《あら》くしつつ、俺は指を触手《しよくしゆ》のようにうねうねと動かす。

あらためて横になっている雪菜先輩の足を見た。

ちなみに、俺は雪菜先輩の真後ろにいる。

うん……このアングルはヤバくね？

つま先から太ももにかけて、なぞるように視線を走らせる。適度に引《ひ》き締《し》まった、健康的な美脚《びきやく》だ。

そして、その先には魅惑《みわく》のスカートが……くっ！　見えそうで見えない！

「どうしたの？　啓太くん……早く、きて？」

そんな甘えた声で「きて？」とか言われたらイクしかない。

というわけで……啓太、イキまぁぁぁす！

「雪菜先輩、失礼します！」

俺はまず足の裏に手を伸ばした。

土踏《つちふ》まずと指の付け根の辺りを親指でグッと押《お》す。

「んっ……上手よ、啓太くん」

「ここがいいんですね？」

「そこぉ……もっと突《つ》いてぇ……？」

あくまで指で足のツボを突く、という意味だ。

だけど、ベッドの上で子猫《こねこ》のように甘えられたら、そういう意味にしか聞こえない。だって、思春期だもの。

俺は後ろから雪菜先輩をガンガン突いた（※足ツボの話です）。

ぐいぐい。

くにゅくにゅ。

「はぁぁあっ……極楽《ごくらく》、極楽」

「まだまだイキますよ！　はぁっ、はぁっ……！」

「テンションが怖《こわ》いのだけれど……足の裏はもういいわ。次はふくらはぎを揉《も》みなさい」

「ご注文承《うけたまわ》りましたぁ！」

俺は足の裏から踵《かかと》、そしてアキレス腱《けん》へと手を這《は》うように滑《すべ》らせた。まるでニーソックスに包まれた足を指先で舐《な》めるかのように。

ふくらはぎに手が到達《とうたつ》する。

俺は優しく愛撫《あいぶ》して雪菜先輩を責めた（※ふくらはぎの話です）。

「あ、あの、啓太くん？　ちゃんとマッサージしてくれる？」

「まぁまぁ。そう急《せ》かさないでくださいよ。ふへへ」

「笑い方が驚くほど気持ち悪い……まぁいいわ。早くしなさい」

雪菜先輩の要望どおり、ふくらはぎを揉む。

もみもみ。

ふにゅふにゅ。

「んっ……啓太くん、とても上手よ。いい子ね」

「こういうのはどうですか？」

「んっ……もっとしてぇ？」

「これは⁉　こういうマッサージはどうです⁉」

「あっ、あっ、すごい……血行がよくなってきたのかしら。なんだか体の芯《しん》が燃えるように熱いわ」

雪菜先輩の艶《つや》のある声が、俺《おれ》のスケベ心に火をつけた。

気づけば俺は、雪菜先輩の太ももを食《は》い入るように見つめていた。

「つ、次は太ももですかね！」

俺がそう言うと、雪菜先輩はびくんと体を震わせて、肩越《かたご》しに俺を見た。

「啓太くん。さすがにそこはいいわよ」

「遠慮《えんりょ》しないでください！　悪いようにはしませんから！　ふんす、ふんす！」

「ちょ、ちょっと啓太くん！　顔面が変質者のそれになっているわよ⁉」

「何言ってるんですかエロ！　気のせいですよエロ！　いつもの俺ですエロ！」

「語尾《ごび》がエロになっているのも気のせいかしら⁉」

「雪菜先輩の太ももぉ……失礼しまぁぁぁす！」

「いやぁぁぁ！　私の体に触《ふ》れないで、この変態！」

雪菜先輩は反転し、仰向《あおむ》けになった。足を素早《すばや》く上げ、俺の右腕《みぎうで》を素早く引っ張る。

直後、雪菜先輩の膝《ひざ》の裏が俺の首にピタリと密着した。

こ、これは……俺が雪菜先輩に初めてかけられた思い出の寝技、三角絞《じ》めだ！

あのときと違うのは、雪菜先輩が本気だということ。

「懺悔《ざんげ》なさい、下僕！　今回は！　特にッ！」

ぎちぎちぎちっ！

「かっ……ふっ……！」

血の気がすっと引いていき、意識が遠のく感覚に襲《おそ》われる。

これマジだ！　気絶するタイプのヤツだ！

俺が慌《あわ》てて太ももをタップすると、雪菜先輩は俺を解放した。

「はぁっ、はぁっ……し、死ぬかと思ったぁ……」

「け、啓太くんがいけないのよ！　命令していないのに、太ももを触《さわ》ろうとするから！」

ごもっともです。今回は調子に乗り過ぎました。本当に申し訳ございません。

「最近、啓太くんはスケベすぎる節があるわ」

「ごめんなさい……」

「まったく……あまり度が過ぎるようだと、この部屋に通うのもやめてしまおうかしら？」

「ええっ⁉」

そ、そんな……雪菜先輩がいない部屋なんて、休日のない一週間と同じくらい地獄だ。

雪菜先輩。もう俺の部屋に来てくれないんですか？

俺にちょっかいだしたりしてくれないんですか？

しょんぼりしていると、雪菜先輩は満足そうに笑った。

「……ふふっ。冗談よ」

「えっ？　冗談……ですか？」

聞き返すと、雪菜先輩は小さくうなずいた。

よ、よかったぁ……てっきり嫌われちゃったのかと思ったよ。

「私、部屋に戻《もど》るわ。それじゃあね」

そう言って、雪菜先輩は部屋を出ていった。

それにしても……雪菜先輩はどうしてあんな冗談を言ったのだろう。何か意味があるんだろうけど、俺にはさっぱりだ。

『やっちゃったぁ……またやっちゃったよぉぉぉぉ！』

デレ雪菜の可愛《かわい》い叫び声《ごえ》が、壁越《かべご》しに聞こえてくる。

『また三角絞めやっちゃった……け、啓太くんが悪いんだもん！　太ももまで揉もうとしてくるから！』

ごめんなさい、雪菜先輩。あのときの俺はどうかしていました。反省しています。

『でも、最後は私の作戦どおりだったな。えへへ』

……作戦？

なんのことだろう。

もしかして、さっきの冗談と何か関係が？

『私が「部屋に通うのやめようかな」って言ったとき、啓太くん、しょんぼりしてた。すぐに「冗談だよ」って教えてあげたら、すごく嬉《うれ》しそうな顔しちゃって……えへへ。啓太くんをからかう作戦、大成功っ！』

な、なんだって？

じゃあ何か？　雪菜先輩は振《ふ》り回《まわ》される俺が見たくて、あんな冗談を言ったのか？

『啓太くんのしょんぼり顔、可愛かったな。安心した顔はもっと可愛かった。ぎゅーって抱《だ》きしめてあげたくなっちゃったよ……えへへ、また今度からかっちゃおっと』

雪菜先輩は弾《はず》んだ声でそう言った。

……ちょっと叫んでもいいかな？

雪菜先輩可愛すぎだろぉぉぉぉぉ！

俺のしょんぼり顔が可愛いって、やっぱり真性のドSじゃないか！　だがそれがいい！

もっと俺のことからかってくれ！

それと！　そんなに愛《いと》おしいのなら、ぎゅーって抱きしめていいから！　もっと軽率《けいそつ》にハグしようぜ！

あんまり焦《あせ》らすようだと……俺から抱きしめちゃうぜ？（イケボ）

……などと叫ぶ勇気があれば、とっくに付き合っているっての！

『啓太くん、私が部屋に来ないと寂《さび》しいんだ……安心してね。毎日通っちゃうから！』

雪菜先輩は『えへへ。嬉しいっ』と、子どもっぽい声で笑った。

これがあるから、雪菜先輩は憎《にく》めない。

「雪菜先輩……いっそのこと、俺と一緒《いっしょ》に住みま……いえ。なんでもないです」

うん。今日は調子に乗りすぎているから自重しておこう。

俺は雪菜先輩の壁《かべ》デレの尊さを噛《か》みしめて、ベッドの上で悶《もだ》えるのだった。

番外編A

【雪菜《ゆきな》先輩は恋占《こいうらな》いを気にする】


帰宅すると、部屋で雪菜先輩とシャロが仲良く談笑《だんしょう》していた。二人とも制服姿である。

「ただいま」

挨拶すると、雪菜先輩は「おかえりなさい」と素っ気なく返した。いつもの照れ隠しだ。

「二人で何の話をしていたんですか？」

「啓太《けいた》くんに女装させるなら、どんな服が似合うかで盛り上がっていたの」

「やらないよ⁉」

「私が思うに啓子《けいこ》ちゃんはスカートが似合うわ」

「誰《だれ》が啓子ちゃんか！」

俺がおもちゃにされる未来しか想像できないんですけど。

「冗談よ。シャロちゃんの学校の文化祭の話をしていたの」

そうか。いよいよ文化祭の季節だ。うちのクラスも今週中に出し物を決めるって言っていたっけ。

「へぇ。シャロちゃんは何やるの？」

「シャロちゃん言うな！　ククク……我は文化祭《サバト》で卜占《ぼくせん》の魔女《ウィッチ》の役を担《にな》ったのだ」

卜占の魔女って……クラスで占《うらな》いの館《やかた》でもやるのかな？

「シャロちゃん、占いできるんだ？」

「ククク……我の魔力《まりょく》を解放すれば、未来予知など児戯《じぎ》にも等しい。そうだ、啓太のことも占ってやろう」

「本当？　お願いします、シャロちゃん先生」

「せ、先生……！　うん、任せてー！」

先生と呼ばれて気を良くしたシャロは無邪気《むじゃき》に笑った。小学二年生かな？

「シャロちゃん。設定は？」

「あっ……ククク。眷属よ、何を占ってほしい？　学業や金運など色々あるが」

「そうだなぁ……」

ド定番だけど、俺が一番占ってほしいのはもちろん――。

「恋愛にしなさい」

俺が言う前に横から雪菜先輩が口を挟んだ。

雪菜先輩……まさか俺たちの相性《あいしょう》を気にしているのか⁉

普段も恋占いして一喜《いっき》一憂《いちゆう》しているのかも……くぅー、可愛いすぎる！　そんなの気にしなくても、俺たちラブラブだから大丈夫《だいじょうぶ》だって！

雪菜先輩はワクワク顔で「啓太くん。早く占ってもらいなさい」と俺を急かした。

こんなに嬉しそうな雪菜先輩も珍《めずら》しい。

こういうとき、からかうとすぐデレるのが俺たちのゆっきーである。

「ふーん。どうして雪菜先輩が俺の恋愛を気にするんです？」

「それは……べっ、べつに啓太くんの恋愛には興味ないわよ？　ただ下僕に悪い女が寄ってきて横取りされたら困るから聞いただけ」

「それってつまり、俺が他の子と付き合ったら嫌《いや》だって意味ですか……！」

「い、言ってない！　そんなこと言ってない！」

雪菜先輩は顔を真っ赤にして「あまり勘繰《かんぐ》ると八《や》つ裂《ざ》きにするわよ？」と言って俺を睨んだ。何この可愛い人。デレリンピックの金メダリストかよ。

あまりからかいすぎると、照れ隠しに寝技をかけられる。これ以上はやめておこう。

「じゃあ恋愛を占ってもらおうかな。シャロちゃん、よろしくね」

「シャロちゃん言うな！　ククク、造作もなきことだ」

シャロは鞄《かばん》から水晶玉《すいしょうだま》と金色の台座を取り出して、テーブルの上に置いた。

「おー！　なかなか本格的だね」

「ククク……魔法の匣《テレビジョン》から召喚《しょうかん》した。真夜中に大変お買い求めやすいお値段でご紹介《しょうかい》されていました」

「通販《つうはん》で買ったんだ……」

邪眼王、まさかの通販番組の視聴者《しちょうしゃ》だった。夜更《よふ》かしはほどほどにね？

「では始めよう。天眼《てんがん》を授《さず》かった我の占術《せんじゅつ》、とくと見るがよい」

シャロは水晶玉に両手をかざした。

その表情は真剣そのもの。緊張感がこちらにも伝わってきて、おもわず息を呑《の》む。

ちらりと隣《となり》を見る。雪菜先輩も強張《こわば》った顔でシャロを見守っていた。

しばらくして、シャロがゆっくりと重たい口を開いた。

「ふむ。眷属のことを慕《した》う女性が見えるぞ……」

「ええっ⁉　それって誰――」

「誰⁉　どんな子⁉　シャロちゃん、詳《くわ》しく教えなさい！」

雪菜先輩《せんぱい》は俺の言葉を遮《さえぎ》って食いついた。目が大きく見開いていて、ちょっと怖い。

シャロはじっと水晶玉を見ながら答える。

「見える……顔はよく見えないが、若い女性だ。長くて艶のある上品な黒髪《くろかみ》。細身で美しい容姿だが、しなやかな筋肉もある。おそらく格闘技《かくとうぎ》……これは勘《かん》だが、柔道《じゅうどう》の達人かもしれん。そして彼女《かのじょ》が身に纏《まと》う紫《むらさき》と桃色《ももいろ》のオーラ。それぞれ『毒』と『甘い恋《こい》』を示唆《しさ》している。これはあまのじゃくな性格を表していると見ていいだろう……以上、邪眼王プロファイリングでした」

「邪眼王プロファイリングの情報量すげぇ！」

それもう完全に雪菜先輩じゃん。シャロにこんな才能があったとは驚きだ。

「あの、雪菜先輩。これってもしかして……」

「ふ、ふーん。知らない子ね」

雪菜先輩は顔を赤くしてそっぽを向いた。いやおめーだよ観念しろ。

「この女性は眷属にメロメロのようだな。毎晩のように眷属のことを想《おも》いながら寝床《ねどこ》についている」

「私はそんなことないと思うけれど」

「うん？　どうして赤の他人である雪菜にわかるのだ？」

「そ、それは……ドSの勘よ」

雪菜先輩は「恋愛《れんあい》のことなんて聞かなければよかった」と小さくこぼし、頭を抱《かか》えた。

ふふっ。雪菜先輩、毎晩俺のことを想ってくれているんだ……んもぉー！　隣の部屋にいるんだよ⁉　眠《ねむ》れない夜はこっちの部屋においでよぉー！

ニヤニヤしていると、饒舌《じょうぜつ》だったシャロの表情が途端《とたん》に険しくなった。

「うーむ……だが、この恋は成就《じょうじゅ》するか微妙《びみょう》なところである」

「どうしてよ！　ちゃんと説明しなさい！」

雪菜先輩はシャロに噛みついた。

「先刻も述べたが、この女性はあまのじゃく。それゆえ素直《すなお》に自分の気持ちが伝えられないのだ。恋が実るのは至難と思われる」

「そ、そんなぁ……」

雪菜先輩はがくっと肩を落とした。

「雪菜先輩。そんなに落ち込まなくても……」

「……ふふふ。誰だか知らないけど惨《みじ》めな女ね。笑うがいいわ」

雪菜先輩はどよーんとした負のオーラを漂《ただよ》わせ、体育座《ずわ》りしていじけた。いかん。占いの結果をめちゃくちゃ気にしているぞ。

さっきまで嬉しそうだったのに、ちょっと可哀《かわい》そうかも。

よし。ここは俺の出番だな。

「ねえ、シャロちゃん。占いって必ず当たるわけじゃないんだよね？」

「シャロちゃん言うな！　うむ。古来より占いの結果は『当たるも八卦《はっけ》、当たらぬも八卦』という。占いの結果を信じて行動することにより、未来を変えることは十分可能だ」

「だってさ。必ずしも悪い結果じゃないんですって、雪菜先輩」

「そ、そうなんだ……」

雪菜先輩は安堵《あんど》の表情を浮《う》かべて、ほっとため息をついた。

その子どもっぽい笑顔《えがお》を見て、胸がきゅんと高鳴る。

占いに食いついたり、落ち込んだり、安心したり。ころころ変わる雪菜先輩の表情を見て、またからかいたくなってきた。

「きっとこの人は照れ屋さんで可愛いんだろうなー」

ちらりと雪菜先輩を見ると、何か言いたそうに口をぱくぱくしている。その頬は茹《ゆ》でたタコのように赤い。

「雪菜先輩。顔真っ赤ですよ？」

「な、なってない！」

雪菜先輩は「主人をからかうのは感心しないわね」と言って俺を蹴《け》った。

「占いを気にする雪菜先輩……ふふっ」

「何を笑っているのよ！　もう！　啓太くんなんて知らないわ！」

雪菜先輩はぷいっと横を向いて、もごもごと口を動かした。何かぶつぶつ言っている。

「占いなんて信じないから……絶対に相性いいもん、私たち」

雪菜先輩はフグみたいに頬をふくらませてすねた。

……ちょっと叫んでもいいかな？

雪菜先輩可愛すぎだろぉぉぉぉぉ！

何その子どもっぽい顔！　めっちゃ可愛いじゃん！　ほっぺたぷにぷにさせてくれぇぇぇぇ！

占いの結果なんて気にするなって！　俺と雪菜先輩は相性いいに決まってるんだから！

だって毎日会っても飽《あ》きないし、これからも毎日会いたいって思えるんだもん！　ね？

俺たちラブラブだよ、間違《まちが》いない！

……あと最後にツッコミ入れてもいいかな？

からかいまくると、壁ナシでもデレるんかい！

……などと言うと、命に危険が及《およ》ぶのでやめておこう。

普段はドSだけど、雪菜先輩にはこういう可愛い一面がある。

これがあるから、雪菜先輩は憎めない——。

「啓太くん。主人を辱《はずかし》めた罰《ばつ》として、今日一日死ぬほどハイテンションで過ごしなさい」

訂正《ていせい》。たまに無茶《むちゃ》ブリをしてくるときは少しだけ憎い。

「えー。嫌ですよ。疲《つか》れますもん」

「口答えしない！」

「いでっ！　ちょ、内もも殴《なぐ》るの禁止！」

「わかったわ。じゃあ勢いよく踏《ふ》む！」

「絶対にやめて！　わかりましたよ。やればいいんでしょ……フゥウウゥー！　よぉぉぉおし、シャロちゃん！　次は俺の学業を占ってくれるかなー⁉」

「へ？　う、うむ。いいけど……」

「あれれー？　なんだか元気がないぞー？　文化祭も近いんだし、もっとテンションぶち上げていこうぜ！　ぽんぽんぽぉーん‼」

「ふぇえっ……啓太が壊《こわ》れちゃったよぅ」

困惑《こんわく》するシャロをよそに、俺はテンションを上げ続けたのだった。

第三章　文化祭のお姫様

DOKUZETSU SHOJO HA AMANOJAKU

【プリンセス・アスカ】

「それでは文化祭の出し物を決めたいと思います。案がある人、挙手してください」

黒板の前に立つ学級委員がそう言うと、クラスメイトは一斉《いっせい》に手をあげた。「コスプレ喫茶《きっさ》！」「クレープ屋さんやろうよ！」「飲食店以外は何かある？」「お化け屋敷《やしき》とか面白《おもしろ》そうじゃね？」など、様々な案が教室を飛《と》び交《か》っている。

今はホームルームの時間だ。この時間を使って、クラスの出し物を決めることになっている。

いくつか案が出そろったとき、トラブル台風こと牧小未美《まきこみみ》が「はい！」と元気よく手を挙げた。正直、嫌な予感しかしない。

「小未美ちゃん、どうぞ」

「私、演劇がやりたい！」

キラキラと目を輝《かがや》かせて小未美は言った。

小未美が演劇を提案したのは、彼女が演劇部に所属しているからだ。部では脚本《きゃくほん》と演技《えんぎ》指導を担当しているらしい。

「演劇……もしかして、小未美ちゃんが脚本を書いてくれるの？」

学級委員が尋《たず》ねると、小未美は「ムフフ……」と意味深に笑った。嫌な予感が確信に変わった瞬間《しゅんかん》である。

「実は私、手元にいい脚本あるんだ」

「いい脚本？」

「先月、演劇部の活動で舞台《ぶたい》の脚本をいくつか書いたんだけど、そのうちの一つ。結局、不採用だったんだけど、お蔵入《くらい》りさせるのがもったいないほどいいデキなんだよね」

うちの演劇部はかなり有名で、全国大会に何度か出場したことがある。

そんな強豪校《きょうごうこう》の脚本家《きゃくほんか》がそこまで言うからには、本当にいい脚本なのだろう。演劇をやるかどうかは別として、ちょっと気になる。

「すでにヒロインのキャスティングも考えてあるんだ」

「気が早いなぁ、小未美ちゃんは。ちなみに主役は誰？」

「ヒロインは小国のお姫様なの。その役を飛鳥《あすか》ちゃんにやってほしいんだ」

小未美がちらっと飛鳥を見る。

名前を呼ばれた本人は、目を丸くして自分を指さした。

「へっ？　ボ、ボクがヒロイン？」

「そう。このクラスで一番可愛いのは君だよ、飛鳥ちゃん！　お姫様役は飛鳥ちゃん以外考えられない！　今こそ羽ばたけ、プリンセス！」

小未美がベタ褒《ぼ》めすると、飛鳥は照れくさそうに笑った。

「えへへ。そうかなぁ？　ボク、可愛いかなぁ？」

「もちろん！　これは私だけの意見じゃないよ！　クラスの総意だから！　ねぇ、みんなもそう思うでしょ⁉」

小未美がクラスを見回すと、クラスメイトは一様にうなずいていた。相変わらず、うちのクラスは飛鳥に甘い。

「しょうがないなぁ。じゃあ、ボクがお姫様役やるよ」

飛鳥が満更《まんざら》でもない様子でそう言うと、教室は歓声《かんせい》に包まれた。

この流れだと、クラスの出し物は演劇になるだろう。

目立つのは嫌だし、俺は木の役でもやろうかな。そもそも、俺に目立つ役なんて回ってこないとは思うけど。

多数決の結果、出し物は演劇に決定した。学級委員は黒板に書いてある「演劇」の文字に花丸をつける。

「というわけで、出し物は演劇に決定！」

「「「姫様ばんざーい！」」」

飛鳥ファンクラブの方々は涙《なみだ》を流しながら喜んだ。もはやアイドルの域である。

「じゃあ、小未美ちゃん主体で動いてもらってもいいかな？　やり方は一任するからさ」

学級委員の問いに、小未美はグッと親指を立てて答えた。

「おっけー。キャスティングもほぼ決まっているんだよね。主役は頼《たの》んだよ！　飛鳥ちゃん！　啓太《けいた》くん！」

さすが演劇部。舞台《ぶたい》に懸《か》ける熱意が違う……って、ちょっと待てぇぇぇぇ！

「小未美！　今なんて言った⁉」

「今こそ羽ばたけ、プリンセス！」

「いや戻りすぎ！　俺が主役って言っただろ！　聞いてないぞ！」

「言ってないもん」

「お、お前なぁ……」

「ふふふ……先ほど私は学級委員から全権を委任された！　私の言うことは絶対だよ、啓太くん！　おーほっほっ！」

小未美は意地の悪いお嬢様《じょうさま》のように笑った。

「なんでこんなことに……小未美が絡《から》むとロクなことにならないよな、マジで！」

「へっへーん。これはもう決定事項《じこう》なんだからね！　啓太くんは黙《だま》ってお姫様を救う少年役をやればいーのっ！」

「くっ……とりあえず、脚本見せてくれ！」

「ほいよ」

小未美から脚本を受け取り、パラパラとめくる。

物語は人語を話す犬と少年が出合うシーンから始まる。どうやらこの少年を俺が演じるらしい。

元々犬は人間で、魔女に呪《のろ》いをかけられてこの姿になったのだという。

一方、少年には結婚《けっこん》を約束した一国の姫《ひめ》がいた。しかし、あるとき姫は魔女にさらわれてしまう。少年と犬の目的は魔女討伐《まじょとうばつ》。少年は姫を救うべく冒険《ぼうけん》に出たのだ。

呪われた犬と少年は数々の試練を乗《の》り越《こ》えて、とうとう魔女の住む孤島《ことう》を目指した。

壮絶《そうぜつ》な戦いの末に魔女を倒《たお》すと、犬は人間の姿に戻る。とうとう魔女と邂逅《かいこう》する。

すると、少年の目の前に姫が現れた。呪われた犬は姫だったのだ。

物語の最後は愛し合う二人が再会を喜び、キスをするシーンで終わる——って、キスぅぅ!?

「小未美！　この脚本のラスト！　何書いてんだよ！」

「今こそ羽ばたけ、プリンセス！」

「書いてなかったよ、しつこいな！　キスシーンはダメだろ！」

「「キスシーン……だと……？」」

飛鳥ファンクラブの皆様《みなさま》から殺意のこもった視線を頂戴《ちょうだい》した。

いかん。キスシーンをどうにかしないと、俺の命が危ない。

「小未美。百歩譲《ゆず》って主役はやるよ。だから、せめてラストシーンを変更《へんこう》してくれない？」

「無理だね。お姫様と結ばれるシーンだよ？　二人の愛を表現するにはキスが相応《ふさわ》しいし、一番盛り上がるでしょ」

「た、たしかにそうだけど、さすがにキスは……」

「けーた。主役、やらないの？」

飛鳥が不安気に尋ねた。

「やるならせめて脚本を変えてもらわないと。飛鳥も人前でキスするの嫌だろ？」

「ボクは嫌じゃないけど」

「ええー……」

「けーたは……ボクが他の男とキスしてもいいの？」

飛鳥は潤《うる》んだ瞳《ひとみ》で俺を見つめてきた。いや、正直かまわないんですけど……。

ふと視線を感じて周囲を見回す。女子たちが責めるような視線で俺を見てきた。まるで俺が飛鳥を泣かせたみたいな空気になっている。

「啓太くん。お姫様を泣かせてワガママ言うの、かっこ悪いよ！」

小未美が女子を代表してそう言うと、外野が「そうだそうだ！」と野次《やじ》を飛ばしてきた。

「ま、待てよ。無茶ブリに応《こた》えるんだから、ちょっとくらい俺の条件を飲んでくれてもいいだろ？」

「ふん。男っていつもそう！」

「なんだその言い方！　いい女か！」

「うるさい！　とにかく、四の五の言わずにやりなさい！」

小未美に便乗して、クラスの女子も「やーれ」「やーれ」とコールし始めた。

完全に村八分なんですけど……先生！　このクラス感じ悪いです！

困惑していると、飛鳥が追い打ちをかけるようにぼそっと一言。

「……けーたが少年役じゃないなら、ボクはプリンセスじゃなくていいや」

いじけるようなその声が、心にチクチクと刺《さ》さる。

「ああ、もう！　わかったよ！　やってやりますよ、ええ！」

こうなりゃヤケクソだ！

キスシーンだろうがなんだろうが演じてやらぁ！

「本当⁉　やってくれるの⁉」

飛鳥の表情がぱあっと輝く。

「ただし、キスはする『フリ』だぞ。小未美もそれでいいな？」

「残念だけど、仕方ないね。本当にキスしちゃったら、保護者から苦情が殺到《さっとう》して大問題になりそうだし」

「マジで⁉」

そんなにヤバい役を俺にやらせようとしていたのかよ……やっぱり小未美に関《かか》わるとロクなことがない。

ふと視線を感じる。飛鳥ファンクラブの皆様たちからだ。

「「姫とキスシーン……許すまじ！」」

「「我らの姫を汚《けが》す啓太に死を！」」

「「死を!!」」

　ひぃぃぃっ！

　目が人殺しのそれなんですけど⁉

「どうして俺がこんな目に……」

「けーた！　劇、一緒に頑張《がんば》ろうね！」

　飛鳥は嬉しそうに俺の肩《かた》を叩《たた》いた。

　引き受けた以上、俺も最善を尽《つ》くそう。

「ああ。いい劇にしよう」

　ただし、命が惜《お》しいのでキスはしない。絶対にだ。

【雪菜《ゆきな》先輩と下僕《げぼく》失格】

劇の稽古《けいこ》が始まってから一週間がたった。

飛鳥はお姫様役だけでなく、呪われた犬の役も演じる。

それだけ負担が大きいにもかかわらず、飛鳥は完璧《かんぺき》に台詞《せりふ》を覚えていた。よほど台本を読み込んだのだろう。

放課後になり、稽古が始まった。

俺と飛鳥は教室の隅《すみ》っこで読み合わせをしている。演技指導をしてもらうため、小未美も一緒だ。

練習しているのは冒頭《ぼうとう》。少年が犬と出合うシーンだ。

「ねぇ。あんたさえよければ、ボクと一緒に魔女を捜《さが》さない？」

飛鳥が俺を旅に誘《さそ》ったところで、小未美が演技を中断させた。

「ストップ。飛鳥ちゃん。ちょっと役に入り切れてないかな」

「難しいなぁ。役に入るってどういう感じ？」

「お姫様になりきるの。どう？　役のイメージは掴《つか》めてる？」

「お姫様……イメージは雪菜さんなんだよね」

飛鳥は「雪菜さんなら、どんな感じで言うかな……」と、何やらシミュレーションをし始めた。

このお姫様は照れ屋で自分に素直になれない女の子だ。素っ気ない態度を取ってしまうことも少なくない。飛鳥の言うように、雪菜先輩にそっくりだ。

「ツン要素を入れてみたらいいかも……ちょっとやってみるね」

飛鳥はしばらく考えたあとで、言いにくそうに俺《おれ》のほうをチラチラ見た。

「あなたと一緒に旅をしてあげてもいいけど……か、勘違《かんちが》いしないでよ？　別にあなたのためじゃないんだから」

飛鳥がぷいっとそっぽを向く。何この可愛い犬。飼ってもいいですか？

俺がキュンキュンしている横で、小未美は満足気にうなずいた。

「いいね、格段によくなったよ。その調子でお願いね、飛鳥ちゃん。休憩《きゅうけい》後は続きからやろう」

「えへへ、ありがとう。けーた、休もう？」

「うん、そうだね」

俺たちは鞄からペットボトルを取り出し、椅子《いす》に座った。

「ふー。役を演じるって難しいね。台詞覚えるだけかと思ってたよ」

水分補給をしつつ、飛鳥が苦笑《くしょう》する。

「いやいや。この短期間に台本を暗記するだけでもすごいよ。俺はまだ半分くらいしか覚えてないし」

「ふっふっふ。一生懸命《いっしょうけんめい》覚えたからねー」

「……変なこと聞くけど、なんでそんなに頑張ってるんだ？」

「最初はおだてられて軽い気持ちで引き受けたんだけどね。台本読んだら、物語に引き込まれちゃってさ。今は絶対にお姫様を演じてみせるって気持ちなの」

飛鳥は「にししっ」と照れくさそうに笑った。

可愛いと褒《ほ》められたから、乗せられてやっているのかと思っていた。

でも、ちょっと誤解していたようだ。

真剣《しんけん》に芝居《しばい》に打ち込む飛鳥の足を引っ張らないように、俺も頑張らないと。

「そっか……変なこと聞いて悪かった。舞台、絶対に成功させよう」

「もちろん。けーたはまず台本覚えなきゃだね」

「任せてくれ。暗記は得意なほうだ」

「演技もしっかりねー」

飛鳥がからかうように笑ったとき、ちょうど休憩時間終了《しゅうりょう》を告げるタイマーが鳴った。

「啓太くん。飛鳥ちゃん。続きやるよー」

小未美が俺たちを手招いた。

さて。もうひと頑張りしますか。

俺たちはペットボトルを鞄にしまい、稽古に戻った。

◆

稽古は下校時刻ギリギリまで行われた。

教室に残っていたのは役者だけではない。裏方の人も遅《おそ》くまで作業をしていた。放課後だというのにみんな協力的で、ほぼ全員参加してくれた。クラスの一体感は日々増しており、俺たち役者も気合いが入る。

夕焼け空の下、俺と飛鳥は並んで帰路を歩いた。

「うーん、今日は疲れたなぁー」

飛鳥は腕《うで》を上げ、背中をぐっと伸《の》ばした。

「お疲れ様《さま》。演技、すごく良くなったね」

「ううん、ボクなんてまだまだだよ。雪菜さんには程遠《ほどとお》い」

稽古中、飛鳥はよく「雪菜さんならこうする」とつぶやいていた。役と雪菜先輩を重ね合わせて、演技を修正している様子だった。どうやら雪菜先輩をかなり意識しているらしい。

「たしかに、あのお姫様は雪菜先輩に似てるキャラだよな」

「ふふっ。雪菜さんと仲良しのけーたが言うんだもん。絶対そうだよ」

からかうように笑う飛鳥。茜色《あかねいろ》に染まった街並みに咲《さ》いたその笑顔は、控《ひか》えめに言って漫画《まんが》のヒロインに見えた。

不覚にもドキドキしていると、飛鳥は公園の前で立ち止まった。

夕方の公園は人がおらず、とても静かだった。

「ボク、この公園で少し稽古して帰るよ」

「え、まだやるの？」

「うん。もう少しで役のイメージを掴めそうな気がするんだ」

「そうか……練習熱心なのはいいことだけど、ちゃんと休めよ？　飛鳥が体調不良になったら俺は泣くぞ」

「けーた、泣いて悲しんでくれるの？　じゃあ風邪《かぜ》引くのも悪くないかもね」

「それは小未美の胃に穴が空くからやめて差し上げろ」

「あははっ、たしかに！」

目を細めて笑う飛鳥につられて俺も笑った。

俺は飛鳥と別れてアパートに向かった。

◆

帰宅すると、そこには雪菜先輩と樹里《じゅり》がいた。

二人は向かい合って睨《にら》み合《あ》い、何やら言い争いをしている。

「やっぱり男の子は後輩《こうはい》女子に慕われたいって願望があると思うんすよ。いやマンガの話っすけど」

「そうかしら？　男なんてみんなドMよ。先輩女子にイジめられたいんじゃないかしら？　いやマンガの話だけれど」

「いーや！　後輩に甘《あま》えられたら男の子は嬉《うれ》しいもんなんすよ！　あくまでマンガの話っすけど！」

「馬鹿《ばか》ね。先輩に踏まれて悦《よろこ》ばない男はいないわ。普通《ふつう》なら垂涎《すいぜん》するシチュエーションでしょう？　ただし、マンガに限るけども」

「後輩っす！」

「先輩よ！」

二人の視線がぶつかり合い、バチバチと火花が散っている。

あのぅ……マンガの話じゃない気がするのは俺だけですか？

「ただいま、二人とも」

おそるおそる声をかけると、雪菜先輩が不機嫌《ふきげん》そうな顔をこちらに向けた。

「あら、随分《ずいぶん》と遅い帰宅ね。主人を待たせるなんて偉《えら》くなったじゃない」

「ごめんなさい。今日は文化祭の準備でした。うちのクラス、演劇やるんです。飛鳥がヒロイン役なんですけど、もう気合入りまくりで」

「「くっ……同級生パターンだったか……！」」

雪菜先輩と樹里はそろって肩を落とした。

今確信した。絶対にマンガの話じゃないだろ。

「啓太くん。どんな劇をやるの？」

「ファンタジーですね。誘拐《ゆうかい》された姫を救うために、主人公が呪われた犬と共に旅に出る話です」

「面白そうね。よかったら台本を読ませてくれないかしら？」

「いいですよ。これどうぞ。俺は主人公の少年役です」

台本を渡《わた》すと、雪菜先輩はパラパラとめくった。樹里も興味を持ったのか、後ろから台本を覗《のぞ》き込んでいる。

読み終えた瞬間、二人はそろって俺を見た。

しゅたたたっ！

二人はきゅぴーんと目を光らせながら、高速はいはいで接近してきた。

「けけっ、啓太せんぱい！　なんすか、コレ！」

「啓太くん！　きききっ、キスシーンあるじゃないの！」

二人の顔が目の前に迫《せま》る。

「お、落ち着いて二人とも。そのシーンはキスのフリをすることになってるんだ」

俺が弁解すると、樹里はほっと胸をなでおろした。

「なーんだ。焦《あせ》らせないでくださいっすよー」

「どうして樹里が焦るんだよ」

「へっ⁉　そ、それは……こっちにもいろいろ事情があるんすよ！　ばかばかっ！」

樹里は顔を赤くして俺の胸をぽかぽか叩いてきた。

一方で、雪菜先輩はぶすっとした顔で俺を睨んでいる。

「……飛鳥ちゃんとは、『フリ』でもそういうことできるのね」

「えっと……雪菜先輩？　どういうことですか？」

「わからないならいいわ」

「そんな言い方しなくても……ちゃんと言ってくれないとわからないですよ」

「……言ってるもん」

「えっ？　何をですか？」

意味がわからず聞き返すが、答えは返ってこない。

雪菜先輩は不機嫌そうに言って立ち上がった。

「私、今日は帰る」

「雪菜先輩！　ちょっと待って――」

「あっ、もうこんな時間！　夕飯のお使い頼まれてたの忘れてたっす！　ウチも帰るっすね、啓太せんぱい！」

雪菜先輩と樹里は二人そろって部屋を出て行ってしまった。

……結局、雪菜先輩の真意はわからないままだ。

「雪菜先輩、何が言いたかったんだろ？」

飛鳥とは『フリ』でもキスシーンを演じられる……そのことに怒《おこ》っていた様子だった。

「あー、わからん！　そんなに怒らなくてもいいじゃんか！」

俺は自分の頭をわしゃわしゃと揉《も》みくちゃにした。

とにかく、雪菜先輩を怒らせた原因は俺にある。雪菜先輩の本音を壁越《かべご》しに聞いて、不安を取り除いてあげなきゃ。

俺は壁際《かべぎわ》に移動して耳を澄《す》ませた。

「……あれ？」

変だな。いつもなら、もう聞こえてきてもおかしくない。

しかし、いくら待ってみても声は聞こえない。

初めての事態に戸惑《とまど》いつつ、壁《かべ》から離《はな》れる。

ふと脳裏《のうり》に雪菜先輩の一言が浮かんだ。

「……飛鳥ちゃんとは、『フリ』でもそういうことできるのね」

そこで俺はようやく気づいた。

雪菜先輩の言葉の真意はわからないけれど、あの言葉は痛いくらいに『本音』だったんだ。

「壁越しに本音が聞こえないわけだ……もうすでに本音を言っていたんだから」

雪菜先輩のことなら、なんでもわかると思っていた。メイド喫茶のときも、カラオケのときも。雪菜先輩の機微《きび》を感じ取って、なんでもしてあげられるって、そう思っていた。実際に雪菜先輩の笑顔が見られたから、ちょっとは雪菜先輩に相応《ふさわ》しい男になれたと自負していた。

でも違《ちが》った。

薄《うす》っぺらい壁なんかに頼《たよ》ってばかりいたから、今はもう雪菜先輩の心の声が聞こえない。

カラオケのとき、雪菜先輩は勇気を出して本音で語った。

しかも、苦手な歌という手段で、だ。

あのとき……俺は本当の気持ちを伝えられたか？

少しずつ成長する雪菜先輩の隣《となり》で、俺は何か一つでも成《な》し遂《と》げたか？

「下僕失格、だな……」

ひどい自己嫌悪《けんお》に陥《おちい》りながら、俺はベッドに身を投げ出した。

◆

翌日の放課後も劇の稽古は続いた。

飛鳥の演技はどんどん上達していった。雪菜先輩《せんぱい》をイメージしているだけあって、仕草一つ一つが雪菜先輩らしく見えてくる。

「はい、休憩にするよー！」

放課後の教室に小未美の声が響《ひび》く。

「飛鳥ちゃん。だいぶ上手《うま》くなったね。本番が楽しみだよー」

小未美は飛鳥を褒めるが、当の本人は浮かない顔をしている。

「まだだ……まだボクが描《えが》く『理想のお姫様』には届かない……」

飛鳥は悔《くや》しそうにつぶやいた。

俺には完璧に見えるけど……まだ雪菜先輩のイメージを超《こ》えられないらしい。

「ボク、休憩いらない。部屋の隅で練習してるね」

「え？　いや待てって。ちゃんと休んだほうがいいよ」

さすがに無茶だ。俺は練習を続けようとする飛鳥を呼び止めた。

「休憩なんてなくても平気だよ。元気、元気！」

「もどかしい気持ちはわかるけど、今は休めって。まだ練習時間はあるんだから――ってお前、目の下にクマできてるじゃん！」

「ただの寝不足《ねぶそく》だし……あ、あんまりジロジロ見ないでよ。けーたのえっち」

飛鳥は恥《は》ずかしそうにうつむいた。

家でも夜遅《よるおそ》くまで練習してるのかよ……さすがに心配だぞ。

「というか、けーたも頑張ってるよね。まだ自信のないシーンあるでしょ？」

うぐっ……痛いところを突《つ》かれた。それを言われると、強く注意できないじゃないか。

「……わかったよ、練習に付き合う。そのかわり、夜は絶対に寝《ね》てくれ」

「うん。ありがとね、けーた」

飛鳥は疲れた笑顔で礼を言った。

次の日の稽古も、その次の日も稽古も、飛鳥は誰《だれ》よりも練習に打ち込んだ。

雪菜先輩の本音はわからないまま、練習漬《づ》けの日々はあっという間に過ぎていく。下僕失格な俺を嘲笑《あざわら》うかのように、劇の準備だけが順調だった。

事件が起こったのは、文化祭の二日前。

飛鳥が三十九度の高熱を出して学校を休んだ。

【雪菜先輩と泣き虫プリンセス】

飛鳥が学校を休んだ日、俺は飛鳥のお見舞《みま》いに行くことにした。

風邪の具合も心配だが、気にかけていることがもう一つある。飛鳥が文化祭に参加できない件だ。

三十九度の高熱が二日で下がるとは考えにくい。

小未美はそのことを憂慮《ゆうりょ》して、代役を立てると言っていた。

飛鳥はろくに休憩も取らず、夜遅くまで自主練をして、理想のヒロイン像に少しでも近づこうと役作りをしてきた。それだけ努力してきたのに、代役を立てることになればショックも大きいはずだ。

情熱を注いで作り上げてきた役を、望まない形で誰かに譲る……それはきっと、めちゃくちゃ悔しいことだと思う。

……俺は飛鳥に代役のことも話すつもりだ。

「小未美め。嫌《いや》な役を押《お》しつけやがって……」

俺に飛鳥の気持ちを受け止めてやることができるだろうか。

不安に思いながら、重たい足をのそのそと動かして帰路につく。

アパートの前まで行くと、偶然《ぐうぜん》にも雪菜先輩と出会った。

あの日以降も雪菜先輩と毎日のように会っている。相変わらず毒舌《どくぜつ》で俺を罵倒《ばとう》してくるし、たまに寝技《ねわざ》もかけてくる。

だけど、あのときの本音はわからないままだ。表面上は普通に接しているけど、少し気まずい。

「雪菜先輩。こんにちは」

「ごきげんよう、下僕。その荷物は何？」

雪菜先輩は俺が手に持っているビニール袋《ぶくろ》を指差した。

中には見舞いの品が入っている。帰宅途中《とちゅう》、ドラッグストアに寄って購入《こうにゅう》したものだ。

「もしかして、私への貢《みつ》ぎ物《もの》？　気が利《き》くわね」

「あ、いえ。これはお見舞いの品です」

「お見舞い？」

「ええ。飛鳥が高熱で倒れちゃって、心配だからお見舞いに……あっ」

しまったぁぁぁぁ！

雪菜先輩の前で飛鳥を気づかっちゃったぁぁぁぁ！

地雷《じらい》を踏んでしまったかも……これはまた不機嫌になるパターンでは？

ちらりと雪菜先輩を見る。雪菜先輩はキッと俺を睨んだ。

ヤバい！　これは嫉妬《しっと》した雪菜先輩が怒るパターンだ！

「ち、違うんです！　飛鳥も心配だけど、俺は劇の心配をですね――」

「啓太くんの馬鹿っ！　どうして私に言わないのよ！」

「……えっ？」

「飛鳥ちゃん、一人暮らしでしょう？　きっと心細い思いをしているに違いないわ。早くお見舞いに行ってあげなきゃ！」

雪菜先輩は「飛鳥ちゃんの部屋に行くわよ！　早くしなさい豚《ぶた》！」と俺を罵《のの》った。

てっきり「飛鳥ちゃんのことばっかり……雪菜のことも気にかけてよ！　ぷんぷん！」と怒ると思っていた。

でも、雪菜先輩は飛鳥の身を案じていた。俺のことなんてまるで眼中にない。

ふと俺が風邪を引いたときを思い出す。あのときも、雪菜先輩は俺を手厚く看病してくれたっけ。

「……ぷっ」

普段《ふだん》とギャップありすぎ。どんだけ優《やさ》しいんだよ、この人。

おもわず笑《え》みがこぼれると、雪菜先輩は顔をしかめた。

「啓太くん。何を笑っているの？　頭わいたの？」

「いえ。雪菜先輩って優しいですよね。そういうところ好きです」

心と口が繋《つな》がっているみたいに、思ったことが自然と声に出た。

ねぇ、雪菜先輩。

俺はどうしようもなく臆病者《おくびょうもの》で意気地《いくじ》なしです。アパートの壁に頼ってばかりで、雪菜先輩の心に耳を傾《かたむ》けることができませんでした。

だから、あなたの本心に気づけなかったのかもしれません。あの日怒った理由も、今みたいに病人を案ずる優しさも。

俺、反省しました。

これからは本音のサインを見逃《みのが》しません。

雪菜先輩に相応しい男になれるよう、心を入《い》れ替《か》えて頑張ります――。

ぐにににっ！

雪菜先輩は唐突《とうとつ》に俺の左耳を捻《ひね》り上げた。

「いだだっ！　な、何するんですか！」

「あなたの感想は今どうでもいいのよ！　早くお見舞いに行くわよ！」

ちょっと待って！　好きとまで言ったのにノーリアクション⁉

そこはデレてよ！　今の俺、雪菜先輩のデレ待ちみたいなとこあったよ⁉

本当に面倒《めんどう》くさい人だな。デレのタイミングわからんわ。

だけど。

「そういう面倒くさいところも可愛《かわい》い――いでででっ！　引っ張らないでってば！」

「頭だけでなく耳も腐《くさ》ったの？　い・く・わ・よ？」

ほらぁ！　可愛いって言ったよ、今！　ちゃんと聞いといてよ！　どんだけ飛鳥のことで頭いっぱいなんだよ！　優しすぎか、この天使さんめ！

雪菜先輩は俺の耳を解放し、代わりに俺の手を掴んだ。

「ほら、急ぐ！」

「可愛くない！　今日の雪菜先輩はいつもみたいに可愛いくないです！」

「えっ……きゅ、急に何よ。普段は可愛いみたいな言い方しないでちょうだい……ばか」

雪菜先輩は顔を赤くして、照れを隠《かく》すかのように俺の足をげしげし蹴《け》った。

デレるの遅いわ！　欲《ほ》しかったのは今じゃないっての！

「馬鹿って言ったほうが馬鹿ですよ！　雪菜先輩のばーか！」

「んなっ……どうして私が下僕に罵倒されなければならないの？　気に入らないわね……覚えてらっしゃい、このアホ豚！」

「ばかゆきな！」

「あほけーた！」

俺たちは小学生並みの語彙《ごい》力で言い争いながら、飛鳥の部屋へと向かうのだった。

◆

「ごほっ、ごほっ。迷惑《めいわく》かけてごめんね。けーた、雪菜さん」

ベッドで横になっている飛鳥は「稽古、ちょっと無理しすぎちゃったせいかな……」と申し訳なさそうに言った。

その声音《こわね》は弱々しくて、普段の明るい飛鳥の面影《おもかげ》はない。

「困ってるときはお互《たが》い様だろ。気にするなよ。ね、雪菜先輩？」

「ええ。これで貸し一つよ。覚えておきなさい」

雪菜先輩はニヤリとドSっぽく笑った。

さっきまでめちゃくちゃ心配していたくせに。ほんと、素直《すなお》じゃない人だ。

お見舞いの品として、俺はおかゆの材料と額に貼《は》る冷却《れいきゃく》シートを買ってきた。

卵としらすのおかゆを作るつもりだったのだか、料理はすべて雪菜先輩がやってくれた。

さすがのお嫁《よめ》さんスキルである。

おかゆを食べ終えた飛鳥は「ごちそうさまでした」と礼を言った。

「おかゆ美味《おい》しかったよ、雪菜さん」

「どういたしまして。あとは安静にしていることね。死体のように寝ていなさい」

「あはは、死体って……ごほっ、ごほっ」

「大丈夫《だいじょうぶ》か？　無理しないで寝てろ」

俺がそう言うと、飛鳥は寂《さび》しそうにぽそっと一言。

「……文化祭、参加できなくてごめん」

飛鳥の話では、熱はまったく下がっていないそうだ。明後日の文化祭には間に合わないだろう。

「けーた。劇、どうなっちゃうの？　ボクの代わりはいる？」

核心《かくしん》を突く言葉におもわず息を呑《の》む。

俺は飛鳥が情熱を持って稽古する姿をずっとそばで見ていた。

だから、これから俺が口にする言葉がどれだけ残酷《ざんこく》なのかも理解している。

「飛鳥の代わりは用意したって小未美が言ってた」

はたして俺の声は震《ふる》えていないだろうか。

「演劇部のエースを借りてくるらしい。その子なら一日あれば台本は頭に入るってさ」

「……他のクラスの人が劇に紛《まぎ》れ込んでもいいの？」

「よくないかな。でも、劇が始まってしまえば中断はできないだろ？　やったもん勝ちだ」

「そっか……はぁ」

飛鳥は残念そうにため息をついた。

自分の思い入れのある役を会ったこともない他人に譲るのだ。悔しくてたまらないだろう。

投げかける言葉を探していると、飛鳥が先に口を開いた。

「あのさ、けーた。一つだけ、ワガママ言ってもいい？」

「ワガママは病人の特権だ。遠慮《えんりよ》せずに言いなよ」

「お姫様《ひめさま》役、雪菜さんにやってほしい」

「ああ、そんなことか……って、えええぇぇぇぇっ⁉」

予想外の願いに、おもわず大声をあげてしまった。

当の雪菜先輩は絶句して目を見開いている。

「飛鳥、ちょっと待ってくれ。なんで雪菜先輩なんだ？」

「ボク、お姫様の役作りをするために、雪菜さんをイメージしていたでしょ？」

「た、たしかにそう言ってたけど……」

お姫様は素直になれないツンデレキャラだ。俺も雪菜先輩と雰囲気《ふんいき》が似ていると思う。

だからといって、演技の素人《しろうと》である雪菜先輩を指名するなんて滅茶苦茶《めちゃくちゃ》だ。

「役にのめり込んでいくうちに、気づいちゃったんだ……お姫様はボクよりも雪菜さんが演じるべきだって」

「飛鳥、お前……」

「すごく悔しかった。役を知れば知るほど、雪菜さんが演じたほうがいいって思えてくるんだもん」

飛鳥は「嫌になっちゃうよね。どれだけ練習しても、ボクじゃ役になり切れないんだからさ」と話を続ける。

「思《おも》い描いた理想に手が届きそうなのに、あと少しが遠いの。その少しの差を埋《う》めることができるのは雪菜さんだけだ。お姫様を一番よく知っているボクが言うんだから間違《まちが》いないよ」

だからね、と飛鳥。

「ボクの大切な役を他人に任せたくない。雪菜さんに演じてほしいんだ。悔しいけど、ボクが認めた人にお姫様役をやってほしい」

高熱で弱っているはずの飛鳥の目に光が灯《とも》る。

役作りにおいて、雪菜先輩は飛鳥の理想であり、同時に越《こ》えられない壁だった。いくら練習してもたどり着けなくて、悔しい想《おも》いをしただろう。

それなのに飛鳥は今、その雪菜先輩にお姫様役を託《たく》そうとしている。

いったいどれほどの覚悟《かくご》が必要なんだろう。想像するだけで胸がじくじくと痛む。

だけど、飛鳥の願いを聞き入れるのは難しい。

「飛鳥。素人の雪菜先輩にいきなり演技は無理だよ。それに時間的な制約もある。その道のプロに任せたほうがいい」

「で、でもボク……」

「みんなで作った劇だ。飛鳥のワガママで危険な橋を渡りたくない」

自分でも卑怯《ひきょう》な言い方だと思った。クラスのみんなを引き合いに出して、飛鳥の想いを封殺《ふうさつ》しようとしている自分が嫌になる。

飛鳥が何かを言おうとしたとき、雪菜先輩が待ったをかけた。

「いいわ。私が飛鳥ちゃんの代役を引き受ける」

「はぁっ⁉」

今度は俺が待ったをかける番だった。

「何言ってるんですか、雪菜先輩。さすがに演技は無理でしょ？」

「苦手なのはたしかね」

「時間もないんですよ？」

「暗記は得意だけど、台本を覚えたことはないわ。難しいかもしれないわね」

「だったら……」

どうして引き受けるんですか、という疑問の声を呑み込んだ。

もしも俺が雪菜先輩の立場だったらどうだ？

飛鳥の情熱や無念を知りながらも「他を当たってくれ」と言えるか？

無理だ。言えっこない。

譲《ゆず》りたくない役を泣く泣く譲る飛鳥の気持ちを考えたら、引き受けるしかないだろう。

「雪菜先輩……マジでやるんですね？」

「ええ。ドSに二言はないわ」

雪菜先輩は飛鳥の手を力強く握《にぎ》った。

「飛鳥ちゃん。私、演技の経験なんてないの。だから、完璧な演技をするだなんて約束はできない……だけど、そこまで言われたら私だって引けないわ。意地っ張りなのよ、私って」

雪菜先輩は優しく微笑《ほほえ》んだ。

「あなたの魂《たましい》は私が引《ひ》き継《つ》ぐ。死ぬ気で足掻《あが》いてみるわ」

「雪菜さん……ありがとう。けーたのお気に入りだけあって、根はいい人だね」

「おっ、お気に入り⁉」

雪菜先輩は頬を赤くして「し、知らないわ」とそっぽを向いた。

本来なら止めるべきだ。俺たちだけで勝手に決めていい問題じゃない。

それでも俺は二人の気持ちを尊重したいと思った。

こうなったら腹をくくろう。

俺たち全員で、雪菜先輩をお姫様にするんだ。

「飛鳥。俺も全力で雪菜先輩をフォローするから……っ！」

飛鳥に声をかけたとき、気づいてしまった。

飛鳥の肩《かた》が、わなわなと震えている。

雪菜先輩の優しさが、飛鳥に我慢《がまん》の限界をもたらしたのだと悟《さと》った。

「……雪菜先輩。俺と飛鳥を二人にしてもらえませんか？」

「私を仲間外れにして病人を襲《おそ》うつもり？　さすがケダモノね」

「いや、その……ね？」

目で合図を送ると、雪菜先輩も気づいたらしい。小さく「あっ」と声を漏《も》らした。

「ふん。今日は飛鳥ちゃんに譲ってあげるわ」

「ワガママ言ってすみません」

「……啓太くんって本当にお人好《ひとよ》しね」

「雪菜先輩もね」

「そう？　だとしたら、啓太くんの影響《えいきょう》かもしれないわ」

雪菜先輩は柔《やわ》らかい笑みを浮《う》かべ、台本を受け取って部屋を出て行った。

「……雪菜さん、帰っちゃったね」

飛鳥は頼りない声で俺に言った。

「うん。帰ったね」

俺はベッドに腰《こし》かけて、寝ている飛鳥の頭に手を添《そ》える。

「だから……もう我慢しなくていい」

「……けーた？」

「この部屋には俺と飛鳥しかいない。だから『本音』をぶちまけてもいいんだ」

心の壁を取《と》り払《はら》うように、飛鳥の頭をそっと撫《な》でる。

すると、飛鳥の大きな瞳《ひとみ》に涙《なみだ》が溜《た》まっていく。

「……ボク、ものすごく悔しい」

「うん。わかるよ。お前、クラスの誰よりも頑張《がんば》ってたもんな」

「お姫様役、本当は雪菜さんに任せたくないよ。ボクが舞台《ぶたい》の上に立って、思い描いたイメージを超えたかったんだ」

「それなのに、飛鳥はライバルに大切な役を託した。なかなかできることじゃない。かっこいいよ、お前」

「こんな形で雪菜さんに負けたくなかったよ……けーたぁ」

ひっく、ひっく。

一度漏れた嗚咽《おえつ》は、決壊《けっかい》したダムのように溢《あふ》れ出《だ》す。

「嫌だぁ……ボクが本当のお姫様になりたかったぁ……！」

「……雪菜先輩もわかっているさ。飛鳥が真のプリンセスだってこと」

俺は何度も飛鳥の頭を撫でた。

飛鳥は最初から役を譲る覚悟なんてできちゃいなかったんだ。それどころか、納得《なっとく》さえしていない。雪菜先輩の前では強がっていただけだ。

心は目に見えない。俺たちは、表面上は明るく振《ふ》る舞《ま》っていても、心には何かしら悩《なや》みを抱《かか》えて生きている。みんなみんな、意地っ張りで弱虫なんだ。

だから、ときには本音を吐《は》き出して心を消毒しないといけない。きっと一方通行の『壁越し』では不十分で、お互いの弱い心を持ち寄る必要がある。

そんな当たり前のことを、目の前の強い泣き虫から教わった。

「ひっく……ぐやじいよぉ……！」

心の慟哭《どうこく》が室内に響くたびに、飛鳥の想いがしんしんと積もっていく。

悔し涙が枯《か》れるまで、俺《おれ》は飛鳥の本音に付き合った。

【雪菜先輩と夜空を見上げて】

翌朝、俺は雪菜先輩と一緒《いっしょ》に登校し、朝練に参加した。

クラスメイトは雪菜先輩を好奇《こうき》の目で見ていた。こんな朝早くに先輩が教室に来たら、不思議に思うのも無理はない。

俺は昨日の出来事を小未美にすべて話した。

「つまり、飛鳥ちゃんは雪菜先輩をお姫様役に起用することを条件に、役を明《あ》け渡すと言ったのね？」

「はい。小未美監督《かんとく》のおっしゃるとおりです」

俺が小未美に敬語を使っているのは、彼女《かのじょ》が怒っているからだ。だって目が超怖《ちょうこわ》いんだもん。そりゃ敬語にもなるよ。

小未美は雪菜先輩に聞こえないように小さい声で話した。

「啓太くん。あと一日しかないんだよ？　素人に任せるなんてどういうつもり？」

「あの……ごめんなさいでした」

「話聞いてた？　私はね、謝罪が聞きたいんじゃないの。あなたの意見を述べなさい」

小未美は俺の顔を仏頂面《ぶっちょうづら》で覗き込んだ。

飛鳥と約束したんだ。雪菜先輩をお姫様にしてやるって。

小未美だって飛鳥の熱意をよく知っている。話せばわかってくれるはずだ。

「……この劇に一番情熱を注いでいたのは他でもない飛鳥だ。そんな飛鳥が悔しさを呑み込んで代役を指名した。俺はあいつの意思を尊重したい。お願いだよ、小未美。雪菜先輩にヒロインをやらせてくれ。俺も全力でフォローするから」

正直に気持ちを伝えると、小未美は嘆息《たんそく》した。

「……はぁ。もういいわ。了承《りょうしょう》しちゃったんでしょ？」

「小未美……！」

「だからといって、劇のクオリティーを落としたら承知しないから。啓太くんも死ぬ気で頑張りなさいよ」

「ああ！　ありがとな！」

「仕方ないわね。さぁ、早速稽古《さっそくけいこ》しましょう。雪菜先輩、こちらへどうぞ」

呼ばれた雪菜先輩は「至らぬところもあるけれど、精一杯《せいいっぱい》やるわ。よろしくね」と挨拶《あいさつ》しながらやってきた。

あれ……なんかいつもと雰囲気が違う。

雪菜先輩、今日は化粧《けしょう》が濃《こ》い気がする。

普段は化粧なんてほとんどしないのに……どうしてだろう。役作りかな？

「動きを確認《かくにん》しながら一度通してやってみましょう。雪菜先輩は台本を持ちながらで結構ですから」

「必要ないわ」

雪菜先輩は台本を近くの机の上に置いた。

「あの……台本を置いちゃったら、話の流れや出番がわからないですよ？」

「徹夜《てつや》で暗記したから平気よ。今日は演技指導を中心にお願い」

「えっ……ほ、本当に？」

小未美の疑問に、雪菜先輩は「ええ」と短く答えた。

たった一晩で分厚い台本を頭に叩《たた》き込んだってこと？

マジかよ。どんだけハイスペックな頑張り屋さんなんだよ、この人。

というか、体調は大丈夫《だいじょうぶ》なんだろうな。ロクに寝てないんじゃ……あっ、そうか！　化粧が濃いのは目の下のクマを隠すためだったのか！

雪菜先輩はちらりと俺を見た。

「飛鳥ちゃんと約束しちゃったから。『死ぬ気で足掻く』って」

「雪菜先輩……！」

「啓太くん。いいこと？　今日一日で私をお姫様にしなさい」

雪菜先輩は俺の鼻先をちょんと指で突き、不敵に笑った。

いくら頭がよくても、一晩で台本を丸暗記するなんて無茶《むちゃ》だ。

その無茶を可能にできたのは……たぶん、飛鳥の熱意に胸を打たれたからだろう。

よかったな、飛鳥。

お前の想い、ちゃんと雪菜先輩に届いているぞ。

「それじゃあ、やってみましょう」

小未美の合図で稽古《けいこ》が始まる。

最初は雪菜先輩の台詞《せりふ》だ。

「モシカシテー、アンター、冒険者《ぼうけんしゃ》？」

……。

「ナニヨー。シャベル犬ガー、ソンナニ珍《めずら》シイワケー？」

………。

「ワタシ、モンスタージャナイワヨー!?　勘違《かんちが》イシナイデヨネー！　ワタシ、本当ハニンゲン……呪イノセイデ、犬ノ姿ニナッタノヨ……アァ、早ク、ニンゲンニナリターイ！」

…………。

　雪菜先輩は「どう？」と言わんばかりのドヤ顔で俺を見てきた。

　俺は笑顔《えがお》と拍手《はくしゅ》で応じる。

「雪菜先輩、おめでとうございます。今の演技がド下手クソ・オブ・ザ・イヤーを受賞しました」

「なんですって⁉」

　雪菜先輩はがくりと肩を落とした。

「いいですか、雪菜先輩。あなたの演技は感情がなさすぎです。棒読みも大概《たいがい》にしてください。しゃべるゾンビかと思いました」

「ゾンビも呪《のろ》われた姫《ひめ》も同じようなものでしょう？」

「全然違うわ！」

　どんな役作りをしたらそんな結論に達するのだろう。意味がわからない。

　呆《あき》れていると、小未美がぶつぶつと何か言っている。

「……今日は文化祭の準備で……授業はないから……うん……いけるかな」

　独り言の内容は聞き取れないが、あのトラブルメーカーのことだ。悪巧《わるだく》みをしているのは間違いない。

「雪菜先輩。今日は三年生も授業ないですよね？」

「ええ。文化祭前日だもの。準備をすることになっているわ」

小未美はニヤリと笑った。ただし、目は笑っていない。

「雪菜先輩《せんぱい》のクラスって出し物はなんですか？　準備は忙《いそが》しいですか？」

「私のクラスは屋台で焼そばだからヒマだけど……それが何か？」

「準備、抜《ぬ》けてきてください」

「抜けるって……？」

「今日は帰るまでみっちり演技指導します！　そうじゃなきゃ間に合わないでしょ、この棒読み腐れツンデレ！」

「ぼ、棒読み腐れツンデレ!?」

「だいたいなんですか、演技後のドヤ顔は！　台本を一晩で覚えたというから期待していたのに、演技下手すぎ！　能力のバランス悪すぎですよ、極端《きょくたん》か！」

「うぐっ。そ、そこまで言わなくても……私、初心者なのだから……」

「はぁっ？　甘《あま》ったれんなよ、メス公！」

「ひぃぃぃぃっ！」

雪菜先輩は悲鳴をあげて、肩をビクッと震わせた。

おおっ、あのドSが小未美の迫力《はくりょく》に負けている！

「その程度の実力で主役になれると思うなよ、このサラサラヘアーが！」

「ごめんなさい、ごめんなさい！　背伸《せの》びしてちょっといいトリートメント使ってごめんなさい！」

小未美に謝《あやま》る雪菜先輩。「髪《かみ》の艶《つや》は今関係ないだろ！」とツッコミを入れる隙《すき》さえない。

俺は小未美の怒《いか》りが収まるまで待った。

お叱《しか》りタイムが終了《しゅうりょう》すると、雪菜先輩は涙目で俺を見た。

「ううっ、稽古がんばるぅ。啓太くんも……付き合ってくれなきゃ、やだよ？」

甘えるような声音が可愛《かわぃ》すぎて、俺の胸がトクンと高鳴る。

……ちょっと叫《さけ》んでもいいかな？

雪菜先輩可愛すぎだろぉぉぉぉぉ！

がんばるぅ、って子どもか！　幼児退行した雪菜先輩最高かよ！　頭なでなでして励《はげ》ましてあげたいわ！

あと「付き合ってくれなきゃ、やだよ？」は反則！

それあなたに惚《ほ》れている俺に言う⁉　告白にしか聞こえないよ！　よぉし、今夜は赤飯だぁぁぁ！

……などと叫ぶと、雪菜先輩に蹴られるので自重した。

「雪菜先輩！　今日はマンツーマンでシゴきますからね！　啓太くんは別メニュー！」

「そんなぁ……ぐすん」

小未美に叱られて、しょんぼりする雪菜先輩。

何この可愛い生き物。全力で甘やかしたいんですけど。

「演劇部の部室が空いています。そこで練習しましょう。雪菜先輩をレッツ軟禁《なんきん》！」

「いやぁぁぁ！　啓太くん助けてぇぇっ！」

小未美に拉致《らち》される雪菜先輩を俺は笑顔で見送った。頑張れ、雪菜先輩！　これも飛鳥のためですよ！

こうして雪菜先輩は小未美のスパルタ指導を受けることになったのだった。

◆

放課後になり、雪菜先輩と小未美が戻《もど》ってきた。

雪菜先輩はふらふらした足取りだった。その目は死んでいる。

「雪菜先輩、お疲《つか》れ様《さま》です……大丈夫ですか？」

「小未美ちゃん怖《こわ》い、小未美ちゃん怖い……」

雪菜先輩はうわ言のようにつぶやいた。どうやら相当シゴかれたらしい。

「あはは……特訓の成果はどうです？」

尋《たず》ねると、雪菜先輩の目にようやく生気が宿る。

ふっと微笑む雪菜先輩の瞳は自信で満ちていた。

「そう急《せ》かさないで。今からその成果を見せるわ」

雪菜先輩は得意気にそう言った。

今朝はひどい演技だったけど、半日でどこまで上達できただろうか。劇的によくなったとは考えにくいけど……。

いや。俺があれこれ考えても仕方ない。ここまできたら、雪菜先輩の努力と小未美の演技指導力を信じよう。

「それじゃあ、最後は頭からやってみよっか。みんなスタンバイよろしく」

小未美の一声でそれぞれ持ち場につく。

時間的にこれが最後の全体練習だ。ここでの失敗は本番の不安に直結する。完璧《かんぺき》にこなさなければならない。

クラスメイトも同じことを思ったのか、教室にピリついた空気が広がっていく。

「お願いします」

緊張《きんちょう》が高まる中、最後の通し稽古が始まった。

すると、雪菜先輩の顔つきが見慣れたそれに変わる。

俺が帰宅したとき出迎《でむか》える、クールで素っ気ない表情にそっくりだ。


「もしかして、あなた冒険者？」


その問いからは想像できない蔑《さげす》みが含《ふく》まれた語気。

興味のなさそうな冷たい視線。

でも、不思議と嫌な感じはしない。

何故《なぜ》ならば、その態度は照《て》れ隠し。本当は大好きの裏返しであることを、俺はよく知っている。完成された、自然体の無敵ツンデレだ。

今、俺の目の前にいるのはお姫様であり、紛れもなく雪菜先輩だった。

この演技が、飛鳥の想いに対する雪菜先輩の『答え』。

その熱い想いに総身が震えた。

たった一つの台詞でわかる。

雪菜先輩は飛鳥の描《えが》いたお姫様のイメージに到達《とうたつ》したのだ。

「何ジロジロ見てるのよ。喋《しゃべ》る犬がそんなに珍《めずら》しいかしら？　見た目で判断するなんて最低な男ね」

台詞も台本通りではない。生きた言葉だ。演じているというよりも、役に憑依《ひょうい》しているような不思議な感じがする。

言葉だけではない。仕草も完璧だった。

俺は見逃さなかった……ほんの一瞬《いっしゅん》、雪菜先輩の口角がわずかに持ち上がったことを。

刹那《せつな》の微笑みは、愛する少年に再会できた喜びの発露《はつろ》に他《ほか》ならない。

クールな態度と言動とは裏腹に、仕草にデレが滲《にじ》み出《で》ている。さすが雪菜先輩。ツンデレのプロだぜ。

すごい……今朝の演技と比べて見違《みちが》えるほどよくなっている。

これが飛鳥の選んだ役者の真骨頂。

彼女が到達できなかった、自然体の演技。

今朝までは素人だったのに……小未美め。いったいどんなマジックを使ったんだ？

劇はつつがなく進行していく。雪菜先輩は次々とツンとデレを炸裂《さくれつ》させ、物語を盛り上げていった。

しかし、時間が足りなかった。稽古の途中《とちゅう》で下校時間を知らせるチャイムが校舎に鳴《な》り響《ひび》く。

結局、通し稽古は魔女《まじょ》から解呪の秘薬を手に入れたところで終わった。愛する二人の再会、そしてキスシーンはおあずけとなってしまったのだ。

だが、雪菜先輩の成長っぷりを見れば不安はない。ぶっつけ本番でも最高の演技をしてくれるだろう。

「はいはーい！　撤収《てっしゅう》するよー！」

小未美が合図を出すと、みんな一斉《いっせい》に帰り支度《じたく》を始めた。各々《おのおの》が自信に満ちたいい顔をしている。

一時はどうなるかと思ったけど、これはいける。

明日の文化祭は絶対に成功するだろうと、俺は確信した。

◆

風呂《ふろ》から上がった俺は、明日に備えて早めにベッドに入った。

目を閉じてみるものの、妙《みょう》に頭が冴《さ》えている。

いかん。いよいよ明日が本番かと思ったら興奮してきた。

「眠《ねむ》れない……」

俺は起きて部屋の電気を点《つ》けた。

外の冷たい空気に触《ふ》れれば、興奮した心も少しは冷めるだろうか。俺はパーカーを羽織ってベランダに出た。

夜風が寒さを運んできて、おもわず身震《みぶる》いする。もう冬はそこまで来ていた。

ふと空を見上げる。満天の星とはいかないが、輝《かがや》きを放つ星がいくつか見えた。しかも、今宵《こよい》は満月。排気《はいき》ガスで汚《よご》れた都会の夜空にしては上出来だ。

雪菜先輩もこの空を見ているのかな……などとロマンチックなことを考えていると、

「啓太くんもこの空を見ていたりして……」

突然《とつぜん》、雪菜先輩の素の声が聞こえてきた。

慌《あわ》てて隣《となり》のベランダを見る。

「ゆ、雪菜先輩⁉」

雪菜先輩は薄《うす》いピンク色のパジャマの上に分厚いちゃんちゃんこを着ていた。何そのファッション。可愛すぎかよ。

「啓太くん!?　こ、こほん。あなた、もしかして興奮して眠れないの？　まるで遠足前日の小学生ね」

雪菜先輩は慌てて口調を変えて俺をからかってきた。

「あはは。そういう雪菜先輩も眠れないんでしょ？」

「私は星を見るのが好きなだけ。星がきれいな夜はこうしてベランダに出るの。啓太くんと一緒にされるなんて心外だわ」

「へぇ。ロマンチストですね」

「ただの趣味《しゅみ》よ……」

そう言って、雪菜先輩は黙《だま》ってしまった。

ここからでは暗くて表情がよく見えない。

「雪菜先輩。明日は頑張りましょうね」

「……ええ」

「飛鳥のぶんまで派手にやっちゃってください。期待してますよ！」

「……下僕《げぼく》に言われなくてもわかっているわ」

「そ、そうですか」

なんだか元気のない返事だ。普段《ふだん》なら、もっとドS発言で俺をいじめてきてもいいはずなのに。

何に悩んでいるのかわからないけど。

雪菜先輩の気持ち……気づけないのは、もう嫌《いや》なんだ。

俺は、雪菜先輩の心に踏《ふ》み入るよ。

「雪菜先輩。元気ないですね」

「えっ？」

「元気のない理由、教えてください。俺でよければ話を聞きます」

あまのじゃくな雪菜先輩に対して、さすがに直球すぎたかもしれない。

返事を待っていると、雪菜先輩のくすっという小さな笑い声が聞こえた。

「雪菜先輩？」

「ふふっ……落ち込んでいる私のこと、気づかってくれたの？」

「あ、えっと……はい。なんだか元気がなさそうだったので……」

「ありがとう。でも、大丈夫よ。あなたの顔を見たら元気が出たわ」

「そ、そうですか？　ならいいんですけど……」

「えへへ……啓太くんのお隣の部屋でよかったぁ」

「へっ？」

今の素の声……もしかして、デレた？

「雪菜先輩、今の発言は……」

「さて。もう寝《ね》ましょう」

「待って！　今『啓太くんのお隣の部屋でよかったぁ』って言いましたよねぇ⁉」

「空耳ね。私は今『ケータリング、オー、トナリーニョ！　ヘアー、デスカッター！』と言ったのよ」

「そんなエキセントリックなこと言ってたの⁉」

なんだよ、トナリーニョって。サッカーブラジル代表にそんな名前の人いそうだわ。

「ちゃんと言ってください！　俺と出会えてよかったって！」

「そこまでは言ってないわ」

「そこまでは？　じゃあ、どこまでは言ったんですか？」

「うるさいわね。もう寝るわ」

雪菜先輩は「あなたももう寝なさい。風邪《かぜ》引くわよ」と、優《やさ》しい捨《す》て台詞《ぜりふ》を残して部屋に戻っていった。

「うぬぬっ……やっぱり雪菜先輩は手強《てごわ》いなぁ」

でも、元気が出たならよかった。

安心した俺は部屋に戻り、ベッドに腰かけた。

すると、

『やっちゃったぁ……またやっちゃったよぉぉぉぉ！』

隣の部屋から世界一可愛《かわい》い声が聞こえてきた。

え、待って！　壁際《かべぎわ》にいなくても声が聞こえるんですけど！　声のボリュームおかしいだろ！

『啓太くんに日頃《ひごろ》の感謝を伝えるチャンスだったのに、謎《なぞ》の呪文《じゅもん》を口走っちゃった……何よ、ヘアー、デスカッターって！　必殺技《ひっさつわざ》か！』

自分で言ったのにツッコミを入れる雪菜先輩。よくわからないけど、中二病の美容師が繰《く》り出す超絶《ちょうぜつ》カット技法とかじゃない？

『あーん、私っていつもこう！　素直《すなお》になって啓太くんに甘えればよかった。啓太くん、頭ぽんぽんして優しくしてくれたかも……』

雪菜先輩は『えへへ。啓太くんに甘やかされるの好きぃ』とだらしなく笑った。

……ちょっと叫んでもいいかな？

雪菜先輩可愛すぎだろぉぉぉぉぉ！

なら素直になってよ、ゆっきー！　こっちは甘やかす準備できてるから！

さぁおいで！

今夜はたっぷり可愛がってやんよ（イケボ）。

だけど……たまには俺にも甘えさせてくれぇぇぇぇぇ！

眠れないこんな夜は、雪菜先輩の胸の中でオギャリたいんじゃぁぁぁぁっ！

……などと叫ぶと聞こえてしまうので、俺は枕《まくら》に顔をうずめて悶《もだ》えた。

『明日は文化祭……飛鳥ちゃんのためにも、絶対に失敗できない。頑張らないと』

雪菜先輩の声は少し震《ふる》えていた。

元気がなかったのは、やっぱり緊張していたせいだったのか。

「雪菜先輩。俺がそばにいるから大丈夫ですよ」

聞こえると困るので、ものすごく小声で言った。

明日、あらためて雪菜先輩の緊張をほぐしてあげなきゃ。

「おやすみなさい。雪菜先輩」

俺は明日の劇のシミュレーションをしながら目を閉じた。

【ドア越《ご》しの本音】

一夜明けて、文化祭当日を迎《むか》えた。

教室の窓から外に視線を向けると、屋台がずらっと並んでいる。焼きそば、チョコバナナ、豚汁《とんじる》、フランクフルト……どの屋台も活気があり、行列ができている。

クラスで作ったTシャツを身にまとい、大げさにはしゃぐ生徒たち。明らかに普段の学校とは雰囲気《ふんいき》が違《ちが》う。祭りの熱に浮かされて、みんな楽しそうだ。

視線を教室に戻し、壁《かべ》にかかった時計を見る。

「もうそろそろ行くか……」

早めに行って、衣装や小道具、演技の最終確認をしておいたほうがいい。ギリギリになって不備が見つかっても困るからな。

教室を出ると、黄色のクラスTシャツを着た樹里と目が合った。

「あっ、啓太せんぱい！」

樹里は手を振りながら小走りで駆《か》け寄《よ》ってきた。

彼女の表情はどこか曇《くも》っているように見える。

「啓太せんぱい。話は聞きましたっす。飛鳥せんぱい、高熱で文化祭に来られないって

「……」

「うん……あいつ、すごく悔《くや》しがってたよ」

「……飛鳥せんぱいの代役、雪菜せんぱいなんすね」

樹里は胸の辺りに手を添えて、苦悶《くもん》の表情を浮かべた。

「おい樹里。大丈夫《だいじょうぶ》か？」

「……いやっす」

「はい？」

「雪菜せんぱいがお姫様《ひめさま》役やだーっ！」

「うわぁ！　急に大声出すなアホ！　びっくりするだろ！」

俺の抗議《こうぎ》を無視して、樹里は頰《ほお》をふくらませて睨《にら》みつけてきた。

「だって、嫌なもんは嫌なんすもん！」

「理由になってないだろ。わけがわからん」

「ウチだってわけわかんないっすよ！　ついでに啓太せんぱいが主役っていうのも意味不明っす！　どうしてこんなに冴えない人が主役なんすか！　華《はな》がなさすぎっすよ！」

「うん。俺の悪口は今関係ないよね？」

本番前に主役のメンタルを悪戯《いたずら》に削《けず》るな。涙で客席が見えなくなっちゃうだろうが。

「急にどうしたんだよ、樹里。飛鳥のときは納得してたじゃんか。どうして雪菜先輩だとダメなんだよ」

「それが……自分でもわかんないんすよ」

樹里は唇《くちびる》をつんと尖《とが》らせて、すねる子どものようにそう言った。

「飛鳥せんぱいのときは許せたのに……雪菜せんぱいがお姫様役をやるって聞いてから、ずっと胸が痛いっす。なんすか、これ。すごくモヤモヤするっす」

「樹里、お前……」

「ねぇ。啓太せんぱい」

樹里は俺の顔を覗《のぞ》き込んだ。

濡《ぬ》れている唇が妙に色っぽくて、おもわず息を呑《の》む。

「ウチ、啓太せんぱいのせいで変な気持ちになっちゃったっす……責任とって？」

「ぐはっ！」

えちえち巨乳後輩《こうはい》によるダイレクトアタック！

啓太選手のライフに２０００セクシーのダメージ！

さらにはスケベ妄想《もうそう》の効果も発動。俺の心拍数《しんぱくすう》は勢いよく跳《は》ね上《あ》がった……あぶねぇ。

吐《と》血《けつ》しかけたわ。

「啓太せんぱい……このモヤモヤの正体ってなんすか？」

「いや、それはだな……」

どう返事をするべきか逡巡《しゅんじゅん》していると、

「啓太くん！　大変！　大変なの！」

名前を呼ばれて振り返《かえ》る。

そこには肩《かた》で息をする小未美がいた。この世の終わりみたいな顔をしていて、額には玉の汗《あせ》が浮かんでいる。

「どうしたんだよ、小未美。お前、すごい汗……！」

「やばいよ！　雪菜先輩がどこにもいないの！」

「えっ……？」

瞬間《しゅんかん》、さあっと血の気が引いた。

「今、みんなで学校中捜してる！　でも、全然見つからなくて……どうしよう。私が演技指導でプレッシャーかけすぎちゃったから、緊張して逃《に》げ出しちゃったのかも……っ！」

小未美は目に涙を浮かべてそう言った。

「緊張って……そういえば、昨日……！」

俺は雪菜先輩の様子がおかしかったのを思い出した。

ふと雪菜先輩の言葉が脳裏《のうり》によぎる。

『明日は文化祭……飛鳥ちゃんのためにも、絶対に失敗できない。頑張らないと』

そうだ……雪菜先輩はたしかに緊張していた。

元気が出たと思っていた。

明日また勇気づければ大丈夫。そう思い込んでいた。

でも、そうじゃないだろ。

雪菜先輩はあまのじゃく……俺に心配をかけないように「元気が出たわ」と嘘《うそ》をついたんだ。

なんてこった。俺はまた雪菜先輩のサインを見逃《みのが》していたのか。

きっと今、雪菜先輩は不安に負けそうになり、一人で泣いているに違いない。

「樹里！　悪い、緊急《きんきゅう》事態だ！」

「あっ、啓太せんぱい……！」

俺は樹里を置いて走り出した。

俺と小未美は手分けして雪菜先輩を捜した。

屋台が集《つど》う校庭。ダンス部の演技で盛り上がる体育館。お化け屋敷《やしき》や喫茶店《きっさてん》が並ぶ廊下《ろうか》……無人の屋上にも足を運んだが、雪菜先輩はどこにもいない。

「どこ行っちゃったんですか、雪菜先輩……」

くっ……まだあきらめるな。冷静に考えろ。

本番前の逃走《とうそう》の意味……普通《ふつう》に考えたら、代役の重圧に耐《た》えられなくなったってことだ。俺だったら、学校を飛び出してできるだけ遠くに行く。学校から離《はな》れれば離れるほど見つかりにくくなるからだ。

雪菜先輩ならどうするだろう。すでに学校を抜け出《だ》して、どこか遠くへ行ってしまったのだろうか。

いや。その可能性は低い。

だって、雪菜先輩はあまのじゃく。あの人の前では常識的な推理など意味を成さない。

逃走に隠《かく》れた真の意味。

下僕の俺にはわかるんだ。

「まだ校内にいるはず……そうでしょう、雪菜先輩？」

雪菜先輩はきっと、プレッシャーに負けそうな自分を勇気づけてほしいだけ。本気で逃げるつもりはないはずだ。

でも、あの雪菜先輩が素直に「啓太くん。私、本番を迎えるのが怖いわ。どうしよう」なんて言ってくるわけがない。

たぶん、雪菜先輩は俺《おれ》の「大丈夫だよ」の一言を待っている。

「必ず迎《むか》えに行きますからね、雪菜先輩」

肝心《かんじん》の雪菜先輩の居場所だが……これだけ捜して見つからないのは異常だと思う。もしかしたら、人が入れない場所にいるのかもしれない。

校内で誰《だれ》も立ち入れない場所。例えば密室だ。

お手軽に密室が作れる場所といえば……あそこしかない。

俺は雪菜先輩の携帯《けいたい》に電話をかけながら、三年生の教室が並ぶ廊下を走った。

すると、とある場所から着信音が微《かす》かに聞こえる。

この曲は『トラモン』のデビュー曲『恋愛偏差値《れんあいへんさち》最底辺ガール』……雪菜先輩のスマホで間違《まちが》いないだろう。

「やっぱりここかよ……」

俺の目の前には女子トイレがある。

トイレの個室は内側から鍵《かぎ》がかけられる。つまり、誰でも簡単に密室を作ることができるってわけだ。

「さあ。未踏《みとう》の地へいざゆかん……って、入れるかい！」

女子トイレに侵入《しんにゅう》するとか無理ゲーだろ。さすがに躊躇《ちゅうちょ》するわ。

……どうする？

女子トイレに入る瞬間を誰かに見られてもみろ。間違いなく通報される。下手すりゃ退学だ。

だが、俺がやらなきゃ雪菜先輩は舞台《ぶたい》へ上がれない。

雪菜先輩の笑顔を取《と》り戻すためなら、たとえ火の中トイレの中、俺はどこにでも行ってやる。

「うぉぉぉ！　下僕の忠誠心見せてやらぁぁぁ！」

半ばヤケクソ気味に叫び、俺は女子トイレに潜入《せんにゅう》した。

辺りを見回す。幸い、中には誰もいなかった。

続いて個室に視線を移す。一番手前の個室だけ使用中で、他は空室だった。

……ここに雪菜先輩がいるのだろうか。

使用中の個室に近づこうとした、そのときだった。

『やっちゃったぁ……またやっちゃったよぉぉぉ！』

雪菜先輩の声がドア越しに聞こえてきた。よしっ、ビンゴだ！

『大事な舞台を控《ひか》えているのに、自信がなくなっちゃった……なんで私ってこうなのかな。意気地《いくじ》なしで弱虫の見栄《みえ》っ張《ぱ》り……』

ドア越しから聞こえてきたのは、いつものデレとは違う懺悔《ざんげ》の言葉だった。

『飛鳥ちゃんの代わりに頑張《がんば》るって決めたのに……土壇場《どたんば》で怖くなっちゃった。私なんかがヒロインを演じられるのかなって。みんなの期待に応《こた》えられるのかなって。そう考えたら、怖くなって、私……！』

最後のほうは涙《なみだ》まじりの声だった。

やっぱり雪菜先輩はプレッシャーに押《お》し潰《つぶ》されそうだったんだ。

ごめんね、雪菜先輩。ちゃんとフォローしてあげられなくて。

これも全部、壁《かべ》越《ご》しの関係に甘えてきた俺のせいだ。

本当は俺、何もわかっちゃいなかったんだね。雪菜先輩は俺が思っている以上に普通の女の子だってこと。

謝りたい。そして、背中を押してあげたい。

でも、直接言うとあなたは照れ隠しで誤魔化《ごまか》すでしょ？

だから、俺はあえてドア越しに本音を伝えるよ。

雪菜先輩が、いつもそうしているように。

俺は深く息を吸い込んだ。

そして――。

「やっちゃった……俺やっちゃったよぉぉぉぉ！」

雪菜先輩の真似《まね》をして叫んだ。

『こ、この声は啓太くん……って、ここ女子トイレよ⁉　どこまで変態を極《きわ》めるつもりなの⁉』

いやあんたが女子トイレに籠城《ろうじょう》したせいだよ！

……とツッコミたいところだが自重した。

俺は今、誰もいない女子トイレで独り言を叫んでいる『設定』だ。ツッコミやリアクションをするわけにはいかない。

「雪菜先輩がプレッシャーに負けそうだって薄々《うすうす》気づいてたのに、何もしてあげられなかった……下僕失格もいいところだぜ！　くそっ！」

『えっ……啓太くん……？』

「緊張するのは当たり前だよ！　だって、あんなに一生懸命《いっしょうけんめい》練習したんだから！　努力の成果を一発勝負で発揮しなきゃいけない……誰だって緊張するよ、自然なことだ！」

照れ隠しをされないように、今日はずっと俺のターン。

届け。

俺の本音……ドアを突《つ》き破《やぶ》って雪菜先輩の心に響いてくれ。

「昨日の夜、ベランダで言えばよかった！　あなたの演技と努力はみんな認めているって！　飛鳥もきっと満足するって！　緊張するなって言うのは無理かもしれないけど！自信もって演技していいんだよって！」

散々甘えてきた壁越しの関係。

きっとこれからも壁越しに本音を言い合うこともあるだろう。

だけど、もうサインを見逃したりはしないから。

雪菜先輩。

あなたが困っているとき、必ずそばにいることを誓《ちか》います。

「『この場に雪菜先輩がいない』から言うけど！　今回の件で雪菜先輩かっこいいなって思った！　飛鳥の意思を受《う》け継《つ》いで、苦手なことに向き合って努力して、今まさに困難な壁を乗《の》り越《こ》えようとしている……俺、雪菜先輩のこと本当に尊敬してるんだ！」

俺は本音を言ったよ。

だから、雪菜先輩。

次はあなたが行動で本音を示す番だ。

「俺と一緒《いっしょ》に舞台に上がろう！　二人の努力の結晶《けっしょう》をみんなに見せつけてやろうぜ！　雪菜先輩ならできる！　俺も小未美も飛鳥も、みんな確信してるから！」

俺は最後に「……って言ってあげるべきだったぁぁぁ！」と付け足してトイレを出た。

廊下を走りながら独《ひと》り言《ご》ちる。

「……あれでよかったんだよな？」

いや。考えるのはよそう。

できることはやった。

あとはもう、雪菜先輩を信じるしかない。

「雪菜先輩……待ってますからね」

大好きな人の背中を押せたと信じて、俺は体育館に向かった。

【プリンセス雪菜と戸惑《とまど》う下僕】

衣装に着替《きが》えた俺は、体育館の舞台《ぶたい》の袖《そで》で待機していた。

ちょうど今、遅《おく》れてやってきた小未美に雪菜先輩の件を説明したところなのだが……。

「雪菜先輩に会えたんだ。ふーん」

小未美は眉間《みけん》をぴくぴくさせて俺を睨んだ。

「で？　啓太くんは雪菜先輩を置いてここに来たわけ？」

「そうだけど……」

「ふーん」

「あの、小未美さん？　さっきから目が怖いんですけど……」

「けぇた。おめぇよぉ……雪菜先輩見つけたならここに連れてこんかぁぁぁいッ！」

「ひぃぃぃぃっ！　ごっ、ごめんなさい姉御《あねご》ぉぉぉ！」

すぐに謝罪したが、許されるはずもない。

小未美は俺の胸《むな》ぐらを乱暴に掴《つか》み、前後に大きく揺《ゆ》らした。

「かっこつけてる場合か！　雪菜先輩が来なかったらどうするの！」

「で、でも、俺は雪菜先輩の気持ちわかるから……」

「うっさい、のろけんな！　もう結婚《けっこん》しちゃえよ！　末永く爆発《ばくはつ》しろ！」

「結婚っておま……ふふっ。祝辞ありがとう」

「祝っとらんわ！」

「うごっ！」

小未美の頭突《ずつ》きが炸裂した。地味に痛い。

ダメージを受けた額をさすっていると、小未美の顔つきがよりいっそう険しくなる。

「ねぇ。本当に雪菜先輩が来なかったらどうするの？」

「それは……」

一瞬、迫力《はくりょく》に負けて言《い》い淀《よど》んだ。

劇に本気で向き合っているのは雪菜先輩や飛鳥だけじゃない。小未美もだ。

ましてや、小未美は脚本《きゃくほん》の生みの親。我《わ》が子《こ》の晴れ舞台にヒロイン不在という現状は気が気じゃないだろう。

適当な言葉で誤魔化すことはできない。

俺は愚直《ぐちょく》に本音で返した。

「雪菜先輩は絶対に来るよ」

「根拠《こんきょ》は？」

「雪菜先輩の一番の理解者である俺が信じている……っていうのじゃダメ？」

「またのろけ？」

「そうじゃないけど……俺にはわかるんだよ。あの人はあまのじゃく。逃げ出したのは、本気でプレッシャーに負けたわけじゃない。背中を押してほしかっただけなんだ。俺はさっき雪菜先輩の不安を取り除いてきた。だから、大丈夫《だいじょうぶ》だよ」

「あのさ、全っ然わかんないんだけど」

「ごめん。俺も上手《うま》く説明できない。でも、俺を信じてくれ」

「言ってること滅茶苦茶《めちゃくちゃ》じゃん……はぁぁぁ」

小未美は嘆息《たんそく》したのち、呆《あき》れたように笑った。

「わかったわ。啓太くんがそこまで言うなら信じるよ」

「小未美……ありがとう」

「ただし！　雪菜先輩が来なかったら、罰《ばつ》としてクラスメイト全員に焼き肉をおごること！」

「ペナルティ重っ！」

三千円の食べ放題だとして十万円はかかる。万が一のときは母さんに「もしもし。俺だよ、俺。ごめん、今日中に十万円が必要になった」って電話しなきゃ。

せめて牛丼《ぎゅうどん》じゃダメかと尋《たず》ねようとしたとき、足音が聞こえた。

音はどんどん大きなり、こちらに近づいてくる。

「焼き肉はおごってもらうわ。もちろん、劇も成功させるけれど」

凛《りん》とした鈴《すず》のような声。

俺はこの声の主をよく知っている。

振《ふ》り返ると、犬の着ぐるみ姿の雪菜先輩《せんぱい》がいた。顔は被《かぶ》り物《もの》をせず、犬耳カチューシャをつけている。

よかった……俺のやったこと、間違えてなかったんだ。

本音が、伝わったんだ……！

「雪菜せんぱぁぁぁぁいっ！」

がしっ！

俺は雪菜先輩に抱《だ》きついた。

「きゃああっ！　なっ、ななな何するのよ、この変態！」

「だって嬉《うれ》しいんですもん！　雪菜先輩の心の支えになれて、俺すごく幸せ――」

「い・い・か・ら！　離れなさいよ、おさわり亭小《ていこ》スケベ！」

「俺そんな変態落語家みたいな名前じゃない――ごるじっ！」

犬パンチが顔面にクリティカルヒット！

俺はよろめきながら雪菜先輩から離れた。

「ひどいよ、雪菜先輩……ぐすん」

「さて。下僕は放っておいて……みなさん。ご心配をおかけして申し訳ございませんでした」

雪菜先輩はみんなに向かって頭を下げた。

「ちょっと緊張《きんちょう》して外の空気を吸いに行っていたの。でも、もう大丈夫。今は清々《すがすが》しい気分よ。最高の演技をしてみせるわ」

雪菜先輩がふっと微笑《ほほえ》むと、みんなの不安そうな表情は破顔した。

本番前の張《は》り詰《つ》めた空気が緩《ゆる》む中、雪菜先輩は俺の耳元に唇を近づけた。

「啓太くん……励《はげ》ましてくれてありがとう」

「えっ？」

雪菜先輩はむすっとした顔でそう言った。その頬はほんのり赤い。

「な、なんのことですかねー？」

「興奮したあなたが女子トイレで大声を出した件よ」

「合ってるけど言い方ぁ！」

「そんな態度を取っていいのかしら？　学校中に言いふらすわよ？」

「ごめんなさい。俺は女子トイレで大声を出した変質者です」

俺は素直に犯行を認めた。脅迫《きょうはく》、よくないと思います！

「くっ。弱みを握《にぎ》られてしまったか……うん？」

荷物置き場にある俺のスマホが振動《しんどう》していることに気がついた。

手に取って確認《かくにん》すると、雪菜先輩からメッセージが届いていた。写真も添付《てんぷ》されている。

メッセージにはこう書かれていた。

『啓太くん。いつも私に優しくしてくれてありがとう。これはお礼だよ……ちゅっ』

これは感謝のメッセージ……って、最後の「ちゅっ」ってどういう意味？

不思議に思いつつ、写真を見る。

写真には制服姿の雪菜先輩が投げキッスをしている姿が映っている。はにかみながらウインクして、薄桃色《うすももいろ》の唇をすぼめている。

こ、これは……ッ！

「雪菜先輩の投げキッスぅぅぅぅぅ⁉」

振り返ると、雪菜先輩とばっちり目が合った。熟《う》れたトマトみたいに顔が真っ赤だ。

雪菜先輩は俺から逃げるように視線をそらして、小未美に話しかけた。

「こ、小未美ちゃん。冒頭《ぼうとう》のシーンで確認したいことがあるのだけれど」

「はい、なんでしょう……って雪菜先輩、顔真っ赤ですよ？」

「そ、そう？　べつに照れているわけではないのよ？」

「いえ。疑ってないですけど……どうして顔赤いんです？」

「えっ？　そ、それは、えっと……さっきバケツ一杯《いっぱい》のハバネロを食べたからかもしれないわ」

「致死量《ちしりょう》では？」

「あ、えっと、今のは冗談《じょうだん》で、その……」

雪菜先輩は小未美の質問攻《ぜ》めにたじたじだった。

……ちょっと叫《さけ》んでもいいかな？

雪菜先輩可愛《かわい》すぎだろぉぉぉぉぉ！

俺が喜ぶと思って投げキッスしてくれたの⁉　可愛い！　そもそもお礼に投げキッスという思考回路が愛《いと》しすぎる！　あやうく萌《も》え死ぬところだったぜ！

というか、優しくして当然じゃん！　大好きなんだもん！　雪菜先輩も同じ気持ちだと嬉しいぜ！

あと言い忘れていたけどさ……その着ぐるみも可愛いすぎだろぉぉぉぉ！

ゆるキャラのような、ゆったりしたシルエット！　顔はちゃんと露出《ろしゅつ》したうえで犬耳カチューシャ！　しかも顔真っ赤とか！　萌えの三連コンボで俺のライフはもうゼロだよ！

……などと叫ぶと雪菜先輩に聞こえてしまうので、俺はお口にチャックした。

そうこうしているうちに、アナウンスが館内に響《ひび》き渡《わた》る。

『次は二年二組による演劇「呪《のろ》われた犬と消えた姫《ひめ》」です。準備ができるまでしばらくお待ちください』

緩んだ気持ちが一瞬《いっしゅん》で引《ひ》き締《し》まる。

クラスメイト全員の視線が小未美に集まった。

小未美は一度呼吸を整えて、口を開く。

「いよいよ本番だね。今まで厳しい練習についてきてありがとう。ううん、演者だけじゃない。裏方のみんなも私の細かい要望に応えてくれて感謝している」

小未美はみんなの顔を見て笑ってみせた。

「これだけ頑張ったんだ。本番もきっと上手くいく。私、信じてるから」

そう言って、小未美は拳《こぶし》を高く挙げた。

「さあ！　泣いても笑っても最後だよ！　悔《く》いのないように全力でいこう！」

「「「おおーっ！」」」

俺たちは持ち場に戻《もど》り、劇の準備を始めた。

トラブル続きの文化祭だったけど、いよいよクライマックスだ。

緊張していないと言えば嘘になる。足は震えるし、心臓だって騒《さわ》がしい。

だけど、不思議と成功させる自信はある。

飛鳥。お前のぶんまで、ぶちかましてくるぜ。

舞台の幕が上がる。

視界が一気に広がった。

薄暗《うすぐら》い館内を見渡《みわた》す。席は満員。奥《おく》のほうには立ち見のお客さんもいる。うちの生徒だけでなく、他校の生徒や保護者も少なくない。

客席からは期待の視線が無数に飛んでくる。

重圧を感じないわけじゃない。

でも、大丈夫。劇は絶対に成功する。

だって、俺の隣《となり》にはこの人がいるから。

視線を向けると、雪菜先輩と目が合った。

――やるわよ、下僕《げぼく》。

――わかってますよ、ご主人様。

目と目で通じ合った瞬間、劇が始まった。

冒頭は少年が旅立ち、港町を目指して歩いているシーンから始まる。

そこに呪われた犬役の雪菜先輩が通りかかる。着ぐるみ姿の彼女《かのじょ》を見た観客はクスクスと笑った。

犬は少年役の俺に話しかけた。

「ねぇ。もしかして、あなた冒険者《ぼうけんしゃ》？」

「えっ……い、犬がしゃべった⁉」

「都会の犬はしゃべるのよ」

「都会すげぇな！」

瞬間、館内に笑い声が響く。

よし。お客さんも登場人物に親しみは持ってくれたみたいだし、出だしは悪くなさそうだ。このまま突っ走《ぱし》ろう。

俺が訝《いぶか》しげに雪菜先輩を見ていると、彼女の表情がドSのそれに変化する。

「何ジロジロ見ているのよ。しゃべる犬がそんなに珍《めずら》しいかしら？　メス犬をなめるように見るなんて、とんだオスだわ」

「動物をそんな目で見るかアホ！」

「人間の分際で生意気ね。私を誰だと思っているの？　犬よ？」

「犬の分際で生意気な態度……あ、こら！　地面蹴《け》って砂かけるのやめろ！」

演技のはずなのに。シナリオどおりのはずなのに。まるでいつものやり取りのようで、ここが舞台上だってことを忘れそうになる。お姫様のキャラクターと雪菜先輩の精神が同期しているせいだ。

「お前なんで犬なのにしゃべるんだよ」

「私に興味あるの？　ナンパだったら他を当たって頂戴《ちょうだい》。私は小型犬のオスが好きなの」

「無駄《むだ》にガード堅《かた》い犬だな！　なんで人間の俺が犬をナンパするんだよ！」

「そう言いながら、私のしっぽを見て欲情しないでくれる？」

「してねぇ！　つーかオスを誘《さそ》うように尻《しり》を振るな！」

気づけば台本にないセリフまで生まれていた。こんな大舞台《おおぶたい》なのに、アパートの部屋で会話する感覚でいられるから不思議だ。

なぁ飛鳥。文化祭の劇、すごいことになってるぞ。

お前の見込んだお姫様は、大舞台をアパートの一室に変えちまったよ。

劇はつつがなく進行していく。

俺と犬は因縁《いんねん》の魔女《まじょ》を捜すべく、冒険《ぼうけん》の旅に出る。

旅の途中《とちゅう》に様々な事件が起きた。移動中の馬車を襲《おそ》われたり、魔女の手下に妨害《ぼうがい》されたり、犬と喧嘩《けんか》してしまったり。それでも俺たちは協力し合い、困難な壁を乗り越えて絆《きずな》を深めていく。

あるとき、俺は犬に言った。

「お前ってさ、人間の姿になったら何したい？」

「そうね……素直《すなお》な自分になって、再会した恋人《こいびと》に甘《あま》えたい」

「そっか。俺も恋人にまた会えたら甘えたいかも」

「ふふっ。おそろいね」

「あ、今笑った。そっちの優《やさ》しい表情のほうが可愛《かわい》げがあっていいぞ？」

「……噛《か》むわよ？」

むすっとする犬の表情がおかしくて、俺は笑った。

素直な自分になりたいって思う可愛さも。たまに見せるその優しい笑い方も。憎《にく》めない照《て》れ隠しも。全部、俺の知っているあまのじゃくな隣人《りんじん》と同じだった。

俺と雪菜先輩も、少年と犬みたいに本音で語り合えたらいいのにな。

……いや。もしかしたら、俺たちは演技を通じて本音を言い合っているのかもしれない。

その後も物語は盛り上がりを見せ、いよいよクライマックスを迎える。

とうとう俺たちは魔女の居場所を突《と》き止めた。

魔女の強力な魔法攻撃《まほうこうげき》に苦戦したが、俺たちは協力して戦い、見事勝利した。

宝箱を開けて、入手した解呪《かいじゅ》の薬を犬に振りかける。

すると、ピンク色の霧《きり》が発生し、周囲を包み込んだ。

視界が悪くて前が見えない。不安になった俺は犬に声をかけた。

「お、おい！　大丈夫か！」

返事がないまま、霧が晴れる。

そこに立っていたのは、俺のよく知っている人物だった。

一国のお姫様にして、俺の恋人である。

「まさか……あの犬は君だったのか⁉」

「ええ。私はあなたの恋人よ」

「どうして今まで言ってくれなかったんだよ！　俺、君が行方《ゆくえ》不明になってからずっと心配で……っ！」

「ごめんなさい。でも、前に言ったでしょ？　私はあなたに甘えたかったのよ」

「えっ？　どういうこと？」

「あなたに真実を打ち明けたら、きっと私はすぐ甘えてしまう……犬の姿で甘えるなんて嫌《いや》だったの。あなたには犬の私ではなく、人間の女の子である私を愛してほしかったのよ。ワガママな私をどうか許して？」

「えっと……？」

「あなたって本当にニブチンね。はぁ……」

雪菜先輩は盛大に嘆息した。

「いいこと？　一度しか言わないから、よく聞いておきなさい」

そう言って、雪菜先輩は俺に抱きついた。

「……今まで我慢《がまん》していたぶん、今日はめちゃくちゃ甘えるってこと。覚悟《かくご》してよね」

雪菜先輩の顔が徐々《じょじょ》に近づく。

いよいよ見せ場のキスシーンだ。

台本によれば、雪菜先輩は俺にキスするフリをして、ＢＧＭと共に幕が下りる。

そのはずだった。

「えっ……？」

唇をふさぐ柔《やわ》らかい感触《かんしょく》。

雪菜先輩とキスをした。

その事実に気づいた瞬間、脳内に光が迸《ほとばし》り、体が硬直《こうちょく》する。

胸の奥からけたたましい音が聞こえる。心臓が暴れているのだ。どくどくと強く脈打ち、熱い血を全身に送り出している。

ＢＧＭをかき消すように、館内から黄色い歓声《かんせい》が爆《は》ぜる。

キスはフリでいいと、打ち合わせでちゃんと伝えたはず。

それなのに、雪菜先輩はどうしてキスをしたのだろう。わからない。雪菜先輩から伝わる生々しい体温と、蕩《とろ》けるようなキスの感触が、俺の思考を消し飛ばした。

ゆっくりと幕が下りる。

その間、俺は身動き一つとれずに雪菜先輩の唇を受け入れるのだった。

【雪菜先輩と王子様　～愛する姫を守りたい～】

文化祭は終わり、俺はポリ袋《ぶくろ》片手にゴミ捨て場にやってきた。

劇は無事に成功した……と言えるのだろうか。

内容は完璧《かんぺき》だった。雪菜先輩の演技は神がかっていたし、俺も実力以上のものが出せたと思う。

だが、最後のキスシーン。正直、あれは台本を無視した悪いアドリブだった。小未美も顔を真っ青にして「い、胃が痛い……」と言って、その場に座《すわ》り込んでいたっけ。

雪菜先輩はというと、誰とも言葉をかわさずに控《ひか》え室《しつ》に戻ってしまった。今頃《いまごろ》は着替《きが》えを終えて、どこかで「やっちゃったよぉぉぉぉ！」と反省しているに違《ちが》いない。

まだ雪菜先輩の柔らかい唇《くちびる》の感触が残っている。

あんな状況《じょうきょう》とはいえ、雪菜先輩とキスをした……思い出しただけで顔がかあっと熱くなる。

「雪菜先輩、なんであんなことしたんだろうな……」

ぼうっとした頭で考えながらゴミを捨てた。

帰ろうとしたとき、前方から女の子が走ってきた。こちらに手を振りながら、全速力で向かってくる。

やってきたのは小未美だった。

「小未美。どうしたんだ、そんなに慌《あわ》てて」

「大変なの、啓太くん！　雪菜先輩が、雪菜先輩がぁぁぁ……！」

「落ち着け！　雪菜先輩がどうした⁉」

「雪菜先輩が生徒指導室に連れて行かれたところを見た人がいるのよ！」

「生徒指導室？　優等生の雪菜先輩が、なんでそんなところに……まさか！」

思い当たる節はある。例のキスシーンだ。

文化祭の出し物が演劇に決まったとき、小未美は言った。「本当にキスをしたら大問題になる」と。

心臓がばくん、と鼓動《こどう》する。

雪菜先輩は今、教師からキスの件で問《と》い詰められているに違いない。

「小未美！　情報サンキューな！」

俺は弾《はじ》けたように走り出した。

雪菜先輩の軽率《けいそつ》な行動は問題があったかもしれない。責められて当然だ。

だけど、そんなの関係ない。

たとえ学校中を敵に回しても、俺は雪菜先輩の味方だ。

どうしてそこまで体を張るのかなんて、考える意味さえない。

守る理由なんて『好きだから』で十分だ。

「今行きます。待っていてください、雪菜先輩……！」

全速力で走り、生徒指導室の前にやってきた。

息を整える時間さえ惜《お》しい。俺は勢いよくドアを開けた。

男性教師が椅子《いす》に腰《こし》かけている。たしか演劇部顧問《こもん》の竹内《たけうち》先生だ。

そして先生の対面には机を挟《はさ》んで雪菜先輩が座っている。うつむいたまま、体をびくびくと震《ふる》わせて。

「雪菜先輩！」

「あっ……啓太くん」

顔を上げた雪菜先輩は不安そうな表情で俺を見た。

「君は……たしか例の劇に出ていたな。お姫様《ひめさま》の恋人役《こいびとやく》として」

竹内先生は品定めでもするかのように俺の全身を見た。

「はい。田中《たなか》啓太といいます。先生、雪菜先輩がなんでここに呼び出されたのか教えてください」

「わかるだろう。劇の件だよ」

劇の件……やはりキスシーンが問題か。

「……雪菜先輩をどうするつもりですか？」

「話を聴《き》きたいのだが……この調子でずっとだんまりだ」

竹内先生は深いため息をつき、雪菜先輩と向き合う。

「脚本によると、キスはするフリでいいと明記されていたようだな。何故《なぜ》キスをしたんだ？」

「…………」

「聞かせてくれ。君の進路にも関係がある話だぞ？」

進路って……まさか大学受験のことか？

雪菜先輩は三年生。仮に今回の件で停学にでもなったりしたら、内申点《ないしんてん》に大きく響く。

そうなれば、入学試験の種類によっては多大な影響《えいきょう》を受けるだろう。

そんなこと、俺が絶対にさせない。

あのさ、雪菜先輩。

……ちょっと語ってもいいかな？

俺、劇中の主人公みたいにかっこいい男ではありません。見た目も中身も冴《さ》えないし、臆病《おくびょう》で意気地もありません。欠点ばかりが見つかって、ちょっと今泣きそうです。

でもね……たった一つだけ、俺《おれ》に誇《ほこ》れるものがあるとするならば、雪菜先輩を好きになったことだと思うんです。

だから、この気持ちは絶対に貫《つらぬ》き通《とお》す。

魔女を倒《たお》してお姫様を救う、かっこいい主人公にはなれないけれど。

泥臭《どろくさ》くても、俺なりのやり方で雪菜先輩を救いたい。

「ふっ……ふははははっ！」

俺は大声で笑ってみせた。

もちろん、これはただの芝居《しばい》だ。小未美の演技指導のおかげで自然に大笑いできている。

「ど、どうした？　頭でも打ったのか？」

竹内先生は訝《いぶか》し気《げ》に俺を見た。

「ははっ、すみません。この状況があまりにもおかしくて」

「何？　どういう意味だ」

「いいですか？　雪菜先輩は嘘《うそ》をついています。あれは雪菜先輩がキスをしたんじゃない。俺が雪菜先輩の腕《うで》を引っ張り、強引《ごういん》にキスしたんです」

ここからは『嘘つき』の演技だ。

得意の妄想力《もうそう》を駆使《くし》して、道化《どうけ》を演じきってやる。

「田中くん。どういうことだ？　強引にキスをしたって……」

「付き合ってもいないのに、無理矢理《むりやり》キスをしたって意味です」

「なっ……！」

「俺、雪菜先輩のことが好きなんです」

皮肉だな。演技であれば、告白することがこんなにも容易《たやす》いのか。

俺は続けざまに嘘を並べていく。

「俺は臆病だから、彼女に好きって気持ちを伝えることができませんでした。でも、劇の登場人物として役になりきれば、気持ちを伝えることができる……そう思ったんです」

「なんだと？　じゃあ何か？　あのキスは田中くんからの告白だったというわけか？」

「そういうことです」

「……おい。それは本当なのか？」

狼狽《ろうばい》した竹内先生が雪菜先輩に問う。

雪菜先輩は顔色一つ変えず、左右に首を振った。

「違います。私が勝手にやったことです。そこの変態クズ野郎《やろう》は関係ありません」

「そうやって後輩《こうはい》をかばうんですね。さすが雪菜先輩。そういう優しさに俺は惚《ほ》れました」

「かばうって、あなたは何を言って……」

「先生っ！」

俺は雪菜先輩の言葉を遮《さえぎ》った。

「雪菜先輩は何も悪くない！　処罰《しょばつ》なら俺が全部受ける！　停学でもかまいません！　だから雪菜先輩のことは不問にしてください！　お願いします！」

そう言って、俺は勢いよく頭を下げた。

数秒間の沈黙《ちんもく》の後、竹内先生は疑問の声を上げた。

「停学……なんのことだ？」

ゆっくりと顔を上げる。

竹内先生は不思議そうに首を傾《かし》げていた。

「あれ？　停学じゃないんですか？　え、まさか退学……⁉」

「いやいや。別に罰するつもりはないぞ？」

「……なんだって？」

罰するつもりはないってことは……なるほど。全然意味がわからない。

困惑《こんわく》していると、雪菜先輩は嘆息した。

「はぁ……前から頭がわいているとは思っていたけど、ここまで来るとギャグね。啓太く

ん は勘違《かんちが》いしているわ」

「勘違い？　どういう意味ですか？」

「私は別に指導を受けているわけではないの。演技を学べる学校を受験しないかとアドバイスされていたのよ」

「へっ？　じゃあ停学の件は……」

「最初から誰《だれ》も停学の話なんてしてないわ」

「はぁぁぁぁ!?」

竹内先生は演劇部の顧問だし、雪菜先輩は名演技を披露《ひろう》した。

一応、話の筋は通っているけど……。

「ま、待って！　どうして生徒指導室で進路の話をするんですか！　普通《ふつう》は生徒進路相談室でする話でしょう！」

「生徒進路相談室が使用中だったの。開いている部屋がここしかなかったのよ」

「そんな……じゃあ、キスシーンは？　竹内先生が根掘《ねほ》り葉掘《はほ》り聞こうとしていたじゃないですか！　あれは問題行動に対する取り調べじゃないんですか？」

「いいえ。演技《キス》の上手さの秘訣《ひけつ》を聞かれたのよ」

「ちょっとエロい言い方するな！　でも、小未美はキスしたら大問題になるって……」

「私にとっては大問題よ。まだちょっと混乱しているわ。言葉も出ないし、震えが止まらないの。まさか私にこんな才能があったなんて……」

「やかましいわ！」

さっきまでの震えは自分の才能に怯《おび》えていただけかよ。心配して損したわ。

「啓太くん。心配してくれてありがとう。進路の件は丁重《ていちょう》にお断りしたから安心しなさい」

「そりゃどうも！　心配したところはそこじゃないけどな！」

「うん。わかってる。ふふっ」

雪菜先輩は嬉しそうに笑った……って、ちょっと待て。

今の発言と笑い方、完全に素の声じゃなかったか？

なんで急にデレたのだろう。考えてもよくわからない。

……まぁ雪菜先輩が笑顔《えがお》でハッピーエンドならそれでいいか。

「あはは。結局、全部俺の勘違いだったのかぁ。嘘ついて損しましたよ」

「そうね。啓太くんの早とちりよ。うふふ」

「な、なんだ嘘か……ははは！　田中くんの演技力もなかなかのものだな――」

がらがらっ！

三人で笑っていると、勢いよくドアが開いた。

視線を向ける。そこには女性教師と女子生徒が立っていた。二人は獲物《えもの》を観察するような鋭《するど》い目つきをしている。

二人は俺のことをジロジロ見ながら入室した。

「えっと……あなたが目撃《もくげき》したのは、この人で間違《まちが》いない？」

女性教師が女子生徒に尋ねると、彼女は大きくうなずいた。

「はい！　この男が犯人で間違いありません！」

女子生徒がビシッと俺を指さした。両目には確固たる正義を宿し、俺を睨《にら》みつけている。

いきなり犯人扱《あつか》いするし、人のことを指さすし、なかなか失礼な人だ。

隣では、いつの間にか普段《ふだん》のテンションに戻った雪菜先輩がため息をついた。

「啓太くん。悪いことは言わないわ。自首しなさい」

「俺が犯行に及《およ》んだ前提で話を進めないでくれませんかねぇ⁉」

「でも、あなたって相当なスケベ顔だから……」

何その理屈《りくつ》。俺の顔面そのものがわいせつ物だとでも？

「まったく。俺が犯罪者なわけないでしょう……で、俺に何か用ですか？」

女子生徒に尋ねると、彼女は「しらばっくれないで！」と強い口調で言った。

「私は見ていたわよ！　あなた、女子トイレに入ったでしょ！」

正真正銘《しょうしんしょうめい》の犯罪者だったぁぁぁ！

まさかの建造物侵入罪《しんにゅうざい》でフィニッシュだったぁぁぁ！

いかん！　このままではアホすぎる理由で停学になってしまう！

「ち、違うんです！　あれには事情があって……そ、そうですよね、雪菜先輩⁉」

助けを求めて雪菜先輩を見るが、露骨《ろこつ》に視線をそらされた。え、待って。見捨てるの早くない？

竹内先生は俺の肩《かた》にぽんと手を置いた。さっきまで笑顔だったのに真顔になっている。

「田中くん……話を聞かせてもらおうか？」

「いやぁぁぁぁ！　誤解ですぅぅぅ！」

この後、俺は下校時刻まで取り調べを受けることになったのだった。

なお、雪菜先輩の証言がなければ、ガチで停学だったであろうことは言うまでもない。

【雪菜先輩と謎《なぞ》の客人（妹）】

今日は文化祭の振替《ふりかえ》休日。俺は自宅でゴロゴロしている。

飛鳥には先ほど無事成功した旨《むね》のメッセージを送っておいた。

さすがに「雪菜先輩がキスシーンでやらかした」とは言えない。無難に「大好評だった」とだけ伝えておいた。

しばらくして、スマホが鳴る。

確認すると、飛鳥から返信が来ていた。

『けーた、お疲《つか》れ様《さま》！　小未美ちゃんから聞いたよ？　めちゃくちゃ盛り上がったんだってね！　さすが雪菜さんだな。突然《とつぜん》の代役だったのに、快く引き受けてくれて、しかも成功させちゃうなんて！　ボク、本当に感謝してるんだ。学校で直接お礼を言わなきゃ。もちろん、けーたにもね。当日の様子も教えてよ。あ、そうだ。熱はだいぶ下がりました。今週中には学校に行けそうです。心配かけてごめんなさーい！』

明るい調子のメッセージを読み、ほっと胸をなでおろす。

飛鳥だって、本当は自分が舞台《ぶたい》上で演技をしたかったはず。後悔《こうかい》や嫉妬《しっと》の念もあるだろう。それなのに、心から祝福してくれるなんて……本当にいいヤツだ。

「でもな、飛鳥……雪菜先輩の力だけじゃないぞ?」

一人の力なんてたかが知れている。クラスメイト全員が一致《いっち》団結したから、完成度の高い劇を披露できたんだ。

そして、その「クラスメイト全員」には飛鳥も含《ふく》まれている。

「飛鳥の熱意が雪菜先輩を動かしたんだ……託《たく》してくれてありがとう」

明日学校で会ったら、俺のほうこそお礼を言わなきゃいけないな。

さて。

劇は成功したが、問題が一つ残っている。

昨日、俺は重大なことを雪菜先輩に聞きそびれてしまった。

あれだけキスは御法度《ごはっと》だと言われながら、本番でしてしまった件……きっと何か理由があるはずだ。

だが、あらたまって聞く勇気もない。「なんでキスしたの?」と尋ねたところで、照れ隠《かく》しに袈裟《けさ》固めされるのは目に見えている。

モヤモヤしていると、部屋のドアの開く音が聞こえた。

振《ふ》り返《かえ》ると、私服姿の雪菜先輩《せんぱい》がいた。

「こんにちは、啓太くん」

雪菜先輩は挨拶《あいさつ》しながら部屋に上がり、俺の目の前にちょこんと正座した。

なんだか雪菜先輩の様子がおかしい。普段は挨拶でさえ毒舌《どくぜつ》なのに、今日は普通の挨拶だった。

もしかして、また何か本音を隠しているのでは？

……わからない。ひとまず相手の出方を探《さぐ》りながら世間話でもするか。

「こんにちは、雪菜先輩。今日は肌寒《はださむ》いですね」

「ええ」

「明日は雨らしいですよ」

「そう」

「いやぁ、寒い日が続きますね。あはは……」

「…………」

はい会話終了《しゅうりょう》ぉぉぉぉぉ！

何この気まずい空気。まったく会話が弾《はず》まないんですけど。

雪菜先輩は相槌《あいづち》しか打たないし……なんなの？　二言以上話すと死ぬの？

慌てて次の話題を探していると、先に雪菜先輩が話し始めた。

「啓太くん。昨日の件で言いたいことがあるのだけれど」

「い、言いたいことですか？」

心臓がどくんと跳《は》ねる。

昨日の件……おそらくキスのことだろう。

身構えていると、雪菜先輩は言いにくそうに口を開いた。

「その……ありがとう」

「ふえっ？」

予想外の感謝の言葉に、おもわず素《す》っ頓狂《とんきょう》な声を上げてしまった。

「ありがとうって、何がです？」

「啓太くん、自分を犠牲《ぎせい》にしてまで私をかばおうとしてくれたでしょ？　その件でお礼が言いたくて」

自分を犠牲って……ああ。雪菜先輩をかばって「キスは俺がやった！」と嘘をついたアレか。

「あはは。結局、俺の早とちりでしたけどね」

「それでも、すごく嬉《うれ》しかったわ。私が停学になって大学受験に失敗するくらいなら、自分が停学になる……そう思ってくれたのよね？」

あらためて自分の行動を言語化されると照れくさい。俺は後頭部を手でぽりぽりかき、曖昧《あいまい》に笑った。

「あのときの啓太くんは……まるでお姫様を助ける王子様みたいだったわ」

「え？　俺が？」

「うん……私のピンチに駆《か》けつけてくれてありがとう」

雪菜先輩は顔を真っ赤にして「こ、この話はおしまいっ！」と話を打ち切った。

驚《おどろ》いた。今日の雪菜先輩は素が出ている。毒舌の挨拶もなかったし、本音でお礼を言ってくれた。

……ちょっと聞いてもいいかな？

照れ隠しをしない今の雪菜先輩なら、あの質問にも答えてくれるかもしれない。

「雪菜先輩。一つ聞いてもいいですか？」

「何かしら？」

「あのとき……どうしてキスしたんですか？」

頬《ほお》が、かあっと熱くなる。

レディーに対して失礼な質問をぶつけた自覚はある。

それでも、俺はあのキスの意味を知りたい。

「へっ？　き、奇数《きすう》？　私は偶数《ぐうすう》のほうが好きだけれど」

「数学の話はしていません」

「別の教科の話かしら。そうね。好きな音楽家はチャイコフキスーよ」

「それキスーじゃなくてスキーね。好きな音楽家の名前間違えちゃダメでしょ」

「ああ、スキーの話だったの。たしかに、私は川端《かわばた》キス成《なり》よりも夏目漱《なつめそう》スキーが好み……」

「誤魔化《ごまか》さないで」

語気を強めて諭《さと》し、真《ま》っ直《す》ぐに雪菜先輩の目を見る。

俺の気持ちが伝わったのか、雪菜先輩も真剣《しんけん》な顔つきに変わった。

「……あのときの私は役に入りきっていたの。だからかな。お姫様の力を借りたら、勇気を出して気持ちを伝えられるって思っちゃったのよ」

「えっ？　そ、それって……」

「啓太くん」

雪菜先輩は俺に顔を近づけた。

ふっくらしたピンク色の唇に、自然と視線が吸い寄せられる。

「ねぇ……素直な私なら、受け入れてくれる？」

雪菜先輩は頬を赤らめてそう言った。

まさかの展開に頭がくらくらする。

とうとう雪菜先輩に気持ちを伝える日がやってきた。

雪菜先輩が対面で好意を伝えてくるなんて……夢じゃないよな？

ぐるぐると思考が巡《めぐ》り、何もできないでいると、雪菜先輩は小さい声で一言。

「私、初めてだから……優しくしてね？」

優しくしてね。

その可愛らしいお願いに、愛《いと》しい気持ちが爆発《ばくはつ》した。

「ゆ、雪菜先輩っ！」

「あっ……！」

正座する雪菜先輩を強くハグすると、彼女は可愛らしい声を上げた。

俺の腕の中におさまった雪菜先輩は、恥《は》ずかしそうに俺を見上げている。何かを期待する乙女《おとめ》の表情が可愛くて、ますます心拍数《しんぱくすう》が跳《は》ね上《あ》がる。

「啓太くん、恥ずかしいよ。焦《あせ》らさないで？」

「う、うん……」

「お願い……して？」

雪菜先輩はゆっくりと目を閉じた。

なっ……なんだか今日イケそうな気がするぅー！

恥《はじ》をかかせてごめんね、ゆっきー！

いっ、いいいいい今からキスするからね！

「ゆっ、雪菜先輩……っ！」

俺は雪菜先輩の瑞々《みずみず》しい唇に、ゆっくりと自分の唇を近づけ――。

ピンポーン！

インターホンが鳴ると同時に、俺たちは冷静さを取《と》り戻《もど》した。

「だだっ誰か来ましたねぇぇぇ、雪菜先輩！」

「そっ、そそそそうね！　早く出たほうがいいわ！」

俺たちは素早《すばや》く距離《きょり》を取り、早口でそう言った。

なんでだよぉぉぉ……雪菜先輩と結ばれる一歩手前まで来たのに！　なんでこう邪魔《じゃま》ばかり入るんだよ！　神様の馬鹿野郎《ばかやろう》！

心の中で嘆《なげ》きつつ、玄関《げんかん》に向かった。

「はーい、今でまーす。渋々《しぶしぶ》でまーす」

悪態をつきながら玄関の扉《とびら》を開けると、そこには女の子が立っていた。ぴょこんと跳ねたアホ毛と八重歯《やえば》がトレードマークの美少女だ。髪型《かみがた》は銀髪《ぎんぱつ》ツーサイドアップ。見慣れたセーラー服を着ている。

この制服……シャロが着ているのと同じものだ。どうやらこの子はシャロの通う女子校の生徒らしい。

「わたくしの名前は久宝桜子《くぼうさくらこ》。高校一年生です。質問があるのですが、お姉様……難波《なんば》雪菜を知りませんか？　このアパートに住んでいると噂《うわさ》を聞いたのですが……」

「えっ？」

今、お姉様って言ったよな？

もしかして、雪菜先輩の妹？

……いや待て。雪菜先輩の苗字《みょうじ》は久宝ではない。難波だ。

苗字が異なるってことは……血の繋《つな》がってない妹⁉

桜子と名乗った少女をまじまじと見つめていると、彼女《かのじょ》は眉《まゆ》をひそめた。

「聞こえませんでしたか？　わたくしは雪菜お姉様を知っているかと尋《たず》ねたのですが」

「あ、ああ。そうだったね」

知っているどころか、この部屋にいるんだけど……って、ちょっと待て。

男の部屋に女子が一人で遊びに来ているこの状況……マズいな。絶対に誤解を招くぞ。

しかも、桜子は雪菜先輩の妹。この子に誤解されたら、雪菜先輩のご両親にまで誤情報が伝わるかもしれない。それだけは避《さ》けなければ。

どうしようか逡巡《しゅんじゅん》していると、雪菜先輩がひょっこり顔をだした。

「げっ……桜子？」

「お姉様ぁ！　会いたかったですぅ！」

桜子は雪菜先輩を見るなり目を輝《かがや》かせ、甘えるような声でそう言った。俺のときと態度が全然違うんですが……。

「どうして桜子がここにいるの？　それにその制服……近所の女子校のものでしょう？」

「はい。わたくし、このご近所に引《ひ》っ越《こ》してきたんです」

桜子は「よろしくお願いします、お姉様」と言って、ぺこりと頭を下げた。

「雪菜先輩。この子、先輩のこと『お姉様』って……妹さんですか？」

「は？　そんなわけないでしょ」

「違うんですか？　俺はてっきりご両親の連れ子なのかと……」

「何よそれ。よくある『妹だけど血が繋がっていないから攻略《こうりゃく》できる設定』じゃあるまいし。啓太くん、ギャルゲーのやりすぎよ」

いや知らんし。というか、なんで雪菜先輩ギャルゲーに詳《くわ》しいの？　やるの？

「じゃあ、あの子から『お姉様』って呼ばれているのは何故《なぜ》です？」

「さあ？　桜子が勝手にそう呼んでいるだけよ。桜子は私と同じ中学出身で部活の後輩。ただそれだけの関係よ」

「そんなぁ！　つれないこと言わないでくださいよぅ！」

桜子はぷくーっと頬をふくらませて抗議《こうぎ》した。

なるほどな。本当の姉妹ではなく、桜子が雪菜先輩のことを姉のように慕《した》っているってことか。尊敬する先輩をお姉様と呼ぶなんて、可愛《かわい》い後輩じゃないか。

微笑《ほほえ》ましく思っていると、急に桜子が呼吸を乱し始めた。だらしなく舌を出していて、頬もほんのり赤い。

「はぁはぁ……ひ、ひさしぶりに雪菜お姉様とお会いしたら、なんだかムラムラしてきました……お姉様ぁ、乳相撲しながら唇を吸い合おうやぁぁ……」

「何言ってるの、この人⁉」

可愛い後輩だと思ったけど、考えを改めた。どう考えてもド変態百合《ゆり》スケベ特攻《とっこう》隊長じゃないか。

「雪菜先輩。この子はまさか……」

「ええ。啓太くんを超《こ》える変態よ。いつもこの調子だわ」

雪菜先輩は疲れ切《き》った顔でそう言った。どうでもいいけど、無関係の俺をディスるのはやめようね？

「……ところで」

桜子は鋭い目つきで俺を睨みつけた。

な、なんだ？　俺、何か嫌《きら》われるようなこと言ったか？

「あなた誰？　お姉様とはどういう関係？」

「俺は田中啓太。高校二年生だ。雪菜先輩とは同じ高校に通っていて、アパートの部屋が隣《となり》なんだよ」

「へっ、部屋が隣同士《となりどうし》ぃぃぃ!?」

桜子は「くっ……なんて夢のあるシチュエーション！　毎日乳相撲し放題じゃないですか！　きぃーっ！」と悔《く》やしそうにハンカチを噛《か》んだ。どんだけ乳相撲したいんだよ、この子。

「啓太さん。お姉様とスケベなことしていないでしょうね？」

「…………神に誓《ちか》ってしていない！」

「なんですか、その不自然な間は！」

「いやマジでそういう関係じゃないんで！」

「だらしない笑顔で言われても説得力ありません！」

いかん。さっき雪菜先輩と抱《だ》き合《あ》ったことを思い出して、ついニヤニヤしてしまった。

「啓太さん。雪菜お姉様のこと好きなんですか？」

「えっ⁉　そ、それはその――……」

それは察してくれ。本人の目の前で好きとも嫌いとも言えないだろ。

黙《だま》っていると、桜子は「すべて理解した」と言わんばかりにうなずいた。

「なるほど。そういうことですか……啓太さん！」

「な、何？」

「わたくしはお姉様の幸せを心より願っています。お姉様に寄りつく悪い虫は排除《はいじょ》せねばなりません……そこでです！」

桜子は俺の眉間《みけん》の辺りをビシッと指さした。

「あなたがお姉様に相応《ふさわ》しい男かどうか、この久宝桜子が見極《みきわ》めさせていただきます」

「どういうこと？」

「男子たるもの、強くなくてはなりません。いざというとき、窮地《きゅうち》に立たされたお姉様を守れないといけませんから。というわけで、わたくしが試験いたします」

「いや、なんで君に試《ため》されなきゃいけないの……」

「問答無用ッ！　真に強き者ならば、わたくしを倒してみてください！」

桜子は「いざ尋常《じんじょう》に勝負です！」と吠《ほ》え、右足を斜《なな》め前《まえ》に出して半身で構えた。『自然体』と呼ばれる、柔道《じゅうどう》の基本姿勢である。

……なんかよくわからないけど、マズい展開になったぞ。

雪菜先輩の部活の後輩ということは、この子は元柔道部。この戦い、どう考えても俺が不利だ。

しかし、勝負に待ったはない。俺が策を考えるより先に、桜子は俺の間合いに飛び込んできた。

「隙《すき》だらけです！」

桜子は素早く俺のシャツを掴《つか》んだ。

ほぼ同時に、俺のアキレス腱《けん》に彼女のすねが当たる。

この技は知っている。以前、雪菜先輩から受けた『小外刈《こそとが》り』だ。重心を操《あやつ》られて、いとも簡単に転ばされたっけ。

「せぇぇいっ！」

桜子は俺のシャツを勢いよく下に引っ張った。

……。

……あれ？

転ばされると思ったが、ほとんど引っ張られる感覚がない。

もしかして……この子、柔道へたっぴか？

俺は直立したまま、桜子を見下ろす。

「せぇぇいっ！」

威勢《いせい》のいい声が室内に響《ひび》く。

ただし、何も起きない。

「そぉおいっ！」

何も起きない。

「倒れろぉぉぉ……倒れてくれると、こちらとしても非常に助かるぅぅぅ……あの、お手数ですが倒れていただけませんでしょうかぁぁぁ……って無理かぁぁぁ……！」

弱音を吐《は》いた桜子は、とうとう俺から離《はな》れた。肩で大きく息をして、はぁはぁと呼吸を乱している。

「桜子。大丈夫《だいじょうぶ》？」

「啓太さん……合格です！」

「いや俺何もしてないけど」

「おそれいりました。どうやら格闘技《かくとうぎ》の経験がおありのようですね」

「まったくねぇよ」

どう考えても、この子の実力不足でしかないと思う。

「はぁ……桜子のポンコツっぷりは高校生になっても健在のようね」

雪菜先輩は盛大に嘆息《たんそく》した。

変態属性にポンコツに百合……キャラ濃《こ》すぎだろ。俺の部屋に集まる女子こんなんばっかりだわ。

「啓太さん。今日は潔《いさぎよ》く帰りますが、試験はこれで終わりではありません」

「えっ。まだ続くの？」

「ふん！　余裕《よゆう》をぶっこいていられるのも今のうちです！　覚えていなさいよ！」

桜子はあっかんべーをして部屋を出ていった。

俺の横で雪菜先輩は申し訳なさそうな顔をしている。

「ごめんなさい、啓太くん。桜子はたしかに変態だけど、悪い子ではないのよ。ただ、何をやらせても平均値を下回る残念な子なの」

「あはは……雪菜先輩も大変ですね」

「私はいいの。もう慣れたわ」

雪菜先輩は苦笑《くしょう》して帰りの支度《じたく》を始めた。

「それじゃあ、私も帰るわね」

「あ、はい。また明日」

「ええ……あ、それと、啓太くん」

それは不意打ちだった。

雪菜先輩は俺の耳元に唇《くちびる》を近づけた。

「あなた……桜子が来る直前、私を強く抱きしめたわよね？」

耳元の吐息《といき》がくすぐったくて、体がゾクゾクと震《ふる》える。

「……今度は乱暴に抱きしめるんじゃなくて、優《やさ》しく抱き寄《よ》せてほしいな」

雪菜先輩は「そ、それじゃあねっ！」と素の声で挨拶して部屋を出ていった。

……ちょっと叫《さけ》んでもいいかな？

雪菜先輩可愛《かわい》すぎだろぉぉぉぉ！

普段は俺のことを乱暴に扱うくせに、自分は優しくされたいのかよ！　乙女か！　顔を真っ赤にしてそんなお願いされたら、尊すぎてキュン死だわ！

なんなんだよぉぉぉ！

この可愛い生き物はよぉぉぉぉ！

……叫びたい衝動《しょうどう》を抑《おさ》え、俺はベランダに出た。

「はぁ……恋愛《れんあい》を邪魔してくる後輩女子か……」

桜子は明らかに俺のことを敵視している。試験は続くと言っていたし、今後も妨害行為《ぼうがいこうい》は続くだろう。

それでも、俺たちの恋《こい》はゆっくりと進展していくのだ。

今回の文化祭を通じて、お互《たが》いの心を持ち寄ったように。

秋空の下、風がびゅうと音を立て吹《ふ》いた。冷たい風は小鳥の鳴き声を千切り、木々の葉を揺《ゆ》らしている。

「さむっ……」

舞《ま》い散《ち》る葉を見ながら、俺は身震《みぶる》いした。

冬が、すぐそこまでやってきている。

番外編B

DOKUZETSU SHOJO HA AMANOJAKU

【邪眼王シャロちゃんの放課後】

放課後、俺《おれ》は校門を出て帰路についた。

みんなそれぞれ予定があるらしく、俺は一人で帰り道を歩いている。

予定があるってことは、家に帰っても俺一人か……寂《さび》しいな。雪菜《ゆきな》先輩に「帰ってこなくてもいいのに」って、冷たい声で出迎《でむか》えてほしいぜ……ふふっ。わかってますよ、雪菜先輩。その毒舌は照《て》れ隠しでしょ？　本当は俺に会いたくて部屋に来るくせに。んもう、可愛いヤツめ。

「ったく……雪菜のヤツ、しょうがねぇなぁ……むふふ」

一人で妄想しながら歩いていると、前方にシャロを見つけた。彼女は近所の女子校に通っているため、帰宅途中《とちゅう》によく遭遇《そうぐう》する。

シャロも一人か……よし。今日はシャロと部屋でゲームでもして遊ぼう。

そうと決まれば、早速《さっそく》声をかけてみるか。

近づくと、シャロは何やらぶつぶつ言っている。

「じゃんけん、ぽん！　ち、よ、こ、れ、い、と……えへへ、六歩ぜんしーん！」

シャロはジャンケンをして勝った手のぶんだけ進む、いわゆる『グリコ』で遊んでいた。

むろん一人で、だ。

高校生にもなって、グリコしているシャロ可愛い……という感想の前に、一人でグリコしている切なさに涙《なみだ》しそうになる。学校でぼっちという噂は本当だったんだ。

いいぜ、シャロ！　俺と一緒《いっしょ》にグリコしながら帰ろう！　俺は君の友達だからね！

ハンカチで目元を拭《ぬぐ》い、シャロに声をかけようとした。

「シャロちゃん。一緒に帰ろう――」

「あっ！　猫《ねこ》さんだ！」

話しかける前に、シャロの前を一匹《ぴき》の黒猫《くろねこ》が通り過ぎる。

黒猫はシャロと目が合うと、素早く走り去っていった。

「待って、猫さん！　お友達になろうよ！」

シャロはとことこ走って黒猫を追いかけ始めた。

シャロ……やっぱり友達ほしいんだね！　全力で応援《おうえん》するよ！　頑張《がんば》ってね！

俺は声をかけるのをやめてシャロを見守ることにした。

「待ってよー。猫さーん」

黒猫は住宅街をしゅたたた、と早歩きで進んでいく。

すれ違《ちが》う住人は俺たちを怪訝《けげん》な顔で見ている。一匹と二人で追いかけっこをしていることの状況《じょうきょう》は、第三者の目にはシュールな光景に映るだろう。

住宅街を抜《ぬ》けると、小さな公園に出た。

黒猫を見失ったのか、シャロは立ち止まって周囲を見回す。

「猫さん、どっか行っちゃったぁ……」

シャロが落ち込んでいると、しくしくと泣き声が聞こえてきた。

声の聞こえたほうに視線を向ける。

泣いていたのは小さい男の子だった。

「ククク。小僧《こぞう》。何を泣いているのだ？」

シャロは急に中二病キャラになり、泣いている男の子に声をかけた。誰かと話すときはその口調に戻るのね……。

「ぐすん。お姉ちゃん、誰？」

「我は邪眼王シャルロット。魔界《まかい》を統《す》べる者だ」

「えっ⁉　お姉ちゃん、魔界から来たの⁉」

「ククク。この灼眼《しゃくがん》が証左である」

シャロは眼帯を外し、カラコンで緋色《ひいろ》に染まった右目を見せた。

「おおー！　すげー！」

「ククク……普段は見せないんだよ？　特別なんだからね？」

男の子に褒《ほ》められて、シャロは得意気に胸を張った。

うーん……だいぶ調子に乗っているようだけど、ボロが出ないか心配だなぁ。

「人の子よ。何故《なぜ》泣いておったのだ？」

「あっ、そうだ。シャロお姉ちゃん。お願いがあるんだ」

「シャロお姉ちゃん言うな！　お願いとはなんだ？」

「あれ見てよ」

男の子は近くにある木を指さした。

よく見ると、上のほうの枝に青い風船が引っかかっている。

「お姉ちゃん。邪眼の力であの風船を取ってよ！」

「え？　邪眼で？」

「すげーよなぁ。邪眼の力を目の前で見られるなんてラッキー！」

男の子はキラキラした瞳《ひとみ》でシャロを見上げている。

一方で邪眼など使えるはずのないシャロは、だらだらと汗《あせ》をかいていた。かなり焦って
いるけど大丈夫かな……。

シャロはぺこりと頭を下げた。

「あの……邪眼だけど、本日の営業は終了しました」

「営業⁉」

「バ、バイトさんがもう帰っちゃったので……」

「バイト⁉　邪眼ってバイトで回してるの⁉」

邪眼、まさかのシフト制である。

「えー……邪眼が使えなきゃ風船取れないじゃん……」

男の子が再び落ち込むと、シャロは慌《あわ》てて中二病を発動させた。

「ククク……案ずるな。邪眼の力などなくても、風船ぐらい取れる」

「ほんと⁉」

「当然だ。そこで見ておれ」

シャロは木の下に立ち、ぴょんとジャンプした。

「えいっ！」

ぴょん。

ぴょん。

「たあっ！」

ぴょん、ぴょん。

「ほいっ！　とうっ！」

シャロは何度か跳躍《ちょうやく》したが、その手は虚《むな》しく空を切るだけだった。

跳《と》ぶのをやめたシャロは、肩で息をしながら振り返った。

「はぁはぁ……ククク。今のは背が伸《の》びる魔法《まほう》だ」

「今のが魔法⁉　すごく地味だ！」

「ま、まぁな。身体強化魔法なんてそんなものだ」

「身体強化魔法……なんかかっけー！　ねぇ！　身長はどれくらい伸びたの？」

「え……に、２ミリ」

「みじかっ！　もっと伸ばさないと届かないよ！」

「べっ、別の魔法を使おうかなー」

身長を伸ばすことに失敗したシャロは、天に人差し指を向けた。

瞬間《しゅんかん》、空気がビリビリと震える……わけがない。ただ、なんとなく雰囲気《ふんいき》はある。

「劈《つんざ》く風声《ふうせい》、迅雷霹靂《じんらいかみとき》……逆巻く烈風《れっぷう》よ、木々を撫ぜろ！」

枝を揺らすだけなのに、無駄《むだ》にかっこいい詠唱《えいしょう》。これが漫画《まんが》の世界ならば、上級魔法が発動しそうなシーンである。

しかし、現実は厳しい。風はまったく吹かなかった。

「はぁぁあっ！」

何も起きない。

「せぇぇぇいっ！」

何も起きない。

「吹けぇぇぇ！　早めに吹けぇぇぇ！」

願いも虚しく、何も起きない。

「あの……そろそろ吹いていただけないでしょうか……お願いします……」

だいぶ下手《したて》にでたが、それでも風は吹かなかった。

シャロは気まずそうに腕《うで》を下げ、両手の人差し指を胸の前でつんつんした。

「ま、まぁ秋の風は気まぐれだからね……」

「魔法でしょ!?　気まぐれとかあるの!?」

「あ、案ずるな！　まだ策はある！」

何を思ったのか、シャロは木の前に立った。

「我《われ》が木に登って取ってしんぜよう」

「魔法は⁉」

「あきらめました」

「ええー……」

シャロは肩《かた》を落とす男の子を「だ、大丈夫！　絶対取ってあげるからね！」と励《はげ》ましつつ木に登った。

木登りできるのかと心配したが、それも杞憂《きゆう》に終わった。シャロは意外にも運動神経がいいらしく、すいすいと登っていく。

シャロは風船のヒモを掴むと、振り返って笑った。

「ククク。これが邪眼王の実力である――あっ」

シャロは手を滑《すべ》らせて木から落ちた。

いけない！　打ちどころによっては大怪我《おおけが》するぞ！

「シャロ、危ないッ！」

叫びながら、俺は慌てて飛び出した。

飛びついて華麗《かれい》にキャッチ……するつもりだったのだが、タイミングが早過ぎた。俺は一足先にシャロの落下点に滑り込んだ。

そして、シャロは俺の背中に落下した。

「ぐえっ！」

俺がうめき声を上げると、シャロは「あれ、啓太《けいた》だ。どうしてここに？」と戸《と》惑《まど》いの声を上げた。

「シャロ……とりあえず、どいてほしいんだけど……」

「あ、うん。ごめんね？」

シャロは謝《あやま》りながらどいた。

立ち上がってシャロを見る。

彼女の右手には、しっかりと青い風船が握《にぎ》られていた。

あんな危機的状況でも、自分の身を守ることよりも約束を守ることを選んだ。なかなかできることではない。

すごいよ、シャロ。

友達なんていなくても。

魔法なんて使えなくても。

やっぱりシャロはかっこいい。

「シャロお姉ちゃん、ありがとう！」

「シャロお姉ちゃん言うな！　えへへ、どういたしまして。はい、風船」

男の子は笑顔《えがお》で風船を受け取ると、手を振《ふ》りながら帰っていった。

「やるじゃんか、シャロちゃん」

「ふえっ？　何が？」

「泣いている男の子を笑顔にするなんて、魔法を使ってもできることじゃないよ。お姉ちゃんみたいで、かっこよかった」

「むぅ。我は邪眼王なんだけど……えへへ。今日はお姉ちゃんでもいっか」

シャロはいつもの設定をそっと胸にしまい、満面の笑《え》みでそう言った。

つられて俺も微笑んでいると、何者かに肩を掴まれた。

「君、ちょっといいかな？」

声をかけられて振り返《かえ》る。何故か強面《こわもて》の警官が俺を睨《にら》んでいた。

「……目撃《もくげき》情報の特徴《とくちょう》と一致《いっち》している。君がやったんだろう？」

「へっ？　何がです？」

「しらばっくれるな。小柄な女の子をストーキングしている男子高校生がいると通報があったんだ。君がその子をつけ回していたんだろ」

いやそれ誤解だから！

俺はただ、シャロを温かく見守っていただけだってば！

そういえば、住宅街を歩いていたとき、みんな俺に奇異《きい》の目を向けていたっけ……ちくしょう！　あれは不審者《ふしんしゃ》を見る目だったのか！

「違います、おまわりさん！　俺とこの子は友達で……シャロちゃんからも言ってくれ！」

「ククク……我に友などおらぬわ……ぐすん」

シャロは勝手にトラウマスイッチを押《お》して涙ぐんだ。いや俺は友達だろ。一緒にゲームする仲じゃん。

まさかの裏切りに傷ついていると、警官はシャロの頭をそっと撫《な》でた。

「よしよし、怖《こわ》かったね。もう大丈夫《だいじょうぶ》だよ。おじさんが守ってあげるからね……というわけで君。ちょっと交番まで来てくれるね？」

警官は俺の腕をがっしりと掴んだ。

「誤解だって！　俺はただその子を見守っていただけなの！」

「立派なロリコンじゃないか。変態め」

「違う！　俺が好きなのは足で踏《ふ》みつけてくるドSの黒髪《くろかみ》女子だから！」

「変態のグレードが上がった⁉　いいから交番に来るんだ、この豚《ぶた》市民！」

「いやぁぁぁぁ！　離してぇぇぇぇ！」

抗議も虚しく、俺は交番に連れていかれたのだった。

番外編C

DOKUZETSU SHOJO HA AMANOJAKU

【君が『樹里《じゅり》』らしくいられる場所】

ダダダダダダッ！

アパートの自室でスマホをいじっていると、ボタンを連打する音がした。

「ぬりゃ！　ほわたっ！　ちょえぇぇぇ！」

次いで樹里の奇声《きせい》が室内に響く。

樹里は今、格闘《かくとう》ゲームをプレイしている。ゲーセンにも設置されているアーケードゲームで、最近家庭用ゲーム機に移植されたヤツだ。

ここ数日、樹里は俺の部屋に来てはこのゲームをプレイしている。

それは別にかまわないのだが……。

「ずだだだだだだっ！　ほぅわたぁぁっ！」

ご覧のとおり、非常にうるさい。「ほぅわたぁぁっ！」じゃねぇよ。お前は香港《ほんこん》のアクションスターか。

「樹里ちゃん。もう少し静かにできないかしら？」

読書中の雪菜《ゆきな》先輩《せんぱい》がやんわりとキレた。額にはうっすらと血管が浮《う》き出《で》ている。

「なははー。ごめんなさいっす。ちょっと熱中しすぎちゃったっすね」

樹里はあまり反省してなさそうに笑い、俺のほうをちらっと見た。

「啓太《けいた》せんぱい、ウチ、『アレ』がほしいっす」

「はいはい。麦茶ね」

「そういえば、『アレ』どうなったんすか？」

「あー。例の次世代ゲーム機？　あれは再来年の春に発売が決定したってよ」

「まだまだ先の話っすねー。気長に待つか……あ、麦茶ありがとうございますっす」

「どういたしまして。なぁ。話変わるんだけど、樹里がこの前勧《すす》めてくれた『アレ』……」

「あのマンガ、読んでくれました⁉」

「ちょっと『アレ』すぎない？」

「何言ってんすか！　『アレ』な感じが『アレ』でエモいじゃないっすか！」

「俺にはついていけなかったわ。ほら、『アレ』が『アレ』だったし……」

「むむっ。そうなると、啓太せんぱいには『アレ』が『アレ』すぎて『アレ』だったのかも。今度は別の『アレ』貸します――」

「ちょ、ちょっと待ちなさい！」

雪菜先輩は焦《あせ》った顔して俺たちの会話を中断させた。

「あ、雪菜先輩も『アレ』に興味ありますか？」

「『アレ』ってどれよ！　さっきから『アレ』が多すぎて、会話の内容が何一つわからないのよ！」

「『アレ』って言ったら、最近話題の漫画『転校生が常にびしょ濡《ぬ》れで困ってます』のことだよな、樹里？」

「それ以外ありえないっすよ。雪菜せんぱぁい、ひょっとしてモグリっすかぁ？」

樹里はニヤニヤしながら雪菜先輩を小馬鹿《こばか》にした。やめて差し上げろ。そのお方を誰《だれ》と心得る。怒《おこ》りんぼう将軍デレ雪菜にあらせられるぞ。

しかし、雪菜先輩は予想に反して怒らなかった。何故かむすっとした顔をして、俺と樹里を交互《こうご》に見ている。

「……二人しかわからない会話するの、ずるい」

雪菜先輩はボソッとそう言った。

もしかして、『アレ』で通じ合う俺たちの仲に嫉妬《しっと》しているのかな……くぅー、可愛いぜ！　ぼく、もっと嫉妬するゆっきー見たいです！

「啓太くんと樹里ちゃんは同じ中学出身だったわね。二人とも生徒会役員だったと聞いたけど、昔から仲良しだったの？」

「おっ。俺たちの仲、気になっちゃいます？」

「下僕《げぼく》。殺すわよ？」

雪菜先輩は満面の笑みでそう言った。笑顔で殺害予告するのやめてくれ、怖いから。

「じょ、冗談《じょうだん》ですって。そうだなぁ……最初は仲良くありませんでしたね」

「そうなの？　よかったら、あなたたちが仲良くなったきっかけを教えてくれない？」

雪菜先輩は「べっ、べつに興味があるわけではないけれど！」と付け足した。今日はデレのバーゲンセールである。

「かまいませんよ。俺が中学二年生、樹里が一年生の頃《ころ》の話です――」

俺はしみじみと過去を思い出しながら話した。

当時の俺は樹里のことをよそよそしく「田井中《たいなか》」と呼び、樹里は俺のことを「先輩」と呼んでいた。

今と昔で違うのは呼び方だけじゃない。樹里は今みたいにフレンドリーな性格ではなかった。

こんなにも人懐《ひとなつ》っこい樹里と、何故打ち解けなかったのか。

それは樹里が心に壁《かべ》を作っていたからだ。

◆◇◆◇◆

生徒会室は静寂《せいじゃく》に包まれていた。

この部屋には書記の田井中と俺しかいない。他の役員はすでに帰宅している。

向かいに座《すわ》る田井中は黙々《もくもく》と作業しており、俺たちの間に会話はない。

しばらくして、田井中は俺に書類を渡《わた》した。

「先輩。チェックお願いします」

「わかった……って田井中。ここところ、誤字あるよ」

「あ、本当ですね。すみません、すぐ修正します」

「焦らなくていいよ。まだ時間はあるんだし」

「はい……」

田井中はしょぼーんとした顔で返事をした。

彼女《かのじょ》はあまり要領がいいほうではない。

だが、一生懸命《いっしょうけんめい》仕事に取り組んでおり、その誠実さは好感が持てる。プライベートの話は一切《いっさい》しないが、普段《ふだん》から真面目《まじめ》な子なのだろう。

「はぁー。書類作成って大変だなぁ」

田井中は「ぶぅー」と文句を垂れながら机に突《つ》っ伏《ぷ》した。中学生離れした大きな胸が机に押し付《つ》けられて形を変える。

彼女の子どもっぽい顔がおかしくて、俺は笑った。

「ははっ。本当、地味な仕事だよな」

「同感です」

俺と田井中は苦笑し、再び作業に戻《もど》った。

二人でたまに愚痴《ぐち》を吐きつつも、真面目に仕事をする……生徒会の日常はいつもこんな感じだった。

ある日の放課後のことである。

今日は生徒会が休みだったので、ゲーセンに一人でやってきた。

やはりゲーセンは一人に限る。他人に合わせることなく、自分の好きなゲームを好きなだけできるからな……べ、べつに誘《さそ》う友達がいないわけじゃないんだからね！

賑《にぎ》やかな音が飛《と》び交《か》う店内を進んでいくと、人が集まっている一角を見つけた。

「あそこは……ダンスゲーム？」

たしか『ダンス・ダンス・ジュリエット』とかいうゲームだ。

あれだけの人だかりだ。よほど上手《うま》いプレイヤーが踊《おど》っているに違いない。

集団に近づくと、ひそひそ声が聞こえてくる。

「あの踊ってる女の子やばくね？」

「ああ。本人は気づいてないかもだけど、おっぱいがすげぇことになってる」

「揺れまくりだよな」

「つーか、デカい……ごくり」

教育の行き届いた巨乳好きの方々だった。顔からスケベが滲《にじ》み出ている。

「揺れまくり、か……」

ふと田井中の胸、もとい顔が脳裏《のうり》に浮かぶ。

あの子はダンスゲームとかやらなそうだな。あまり活発な子じゃないし、そもそもゲームに興味なさそう——。

「はっ！　ほっ！　なははー、サビのステップも楽勝っすね！」

女の子の陽気な声が俺の思考を中断させた。

ふと踊っている子に視線を向ける。

その子はうちの中学の制服を着ていた……って田井中⁉　あいつダンスゲームとかやるんだ⁉

笑顔の田井中は激しいステップを踏んでいる。流れる汗は金砂《きんしゃ》のようにサラサラと輝《かがや》きを放ち、白い頬を滑り落《お》ちていく。

俺はアイドルのように踊る田井中を夢中で見ていた。

驚《おどろ》いた。田井中のこんなまぶしい笑顔、見たことなかったから。

ゲームが終わると、観客は「乳すごかったな」と称賛《しょうさん》して離れていった。お前らスコアにも興味を持てよ。

「あー、楽しかったっす！　やっぱり体動かすゲームは最高っすわ！」

そう言って、田井中はハンドタオルで汗を拭いた。あの子、語尾《ごび》に「っす」とか付けるようなキャラだっけ……？

いつもと違う表情に口調。ますます目の前にいる田井中が別人に見えてくる。

田井中はハンドタオルを鞄《かばん》にしまい、大きなため息をついた。その表情は曇《くも》っていて、先ほどの笑顔の欠片《かけら》もない。

「はぁぁ……ウチ、今のクラスに馴染《なじ》めるかなぁ……」

「……田井中？」

「ぬわっ！　せ、先輩がなんでこんなところにいるんすか！　というか、ウチがゲームしてるところ見てたんすか⁉」

「うん。途中からだけどね」

「お、終わったぁぁぁ……ぐぬぬっ！　何見てんすか、この変態！」

「いやなんで⁉」

それは俺の周りにいたヤツらに言ってくれ。

「それにしても、田井中もゲーセンではっちゃけたりするんだな。すごく楽しそうだった。口調はそれ素なのか？」

「しまった、口調も……いやいや！　これは違うんすよ！　って、また言っちゃったっす！」

うがー、と叫びながら地団駄《じだんだ》を踏む田井中を見て、おもわず笑ってしまった。

「な、なんすかぁ！　どうして笑うんすかー！」

「あはは。ごめん、ごめん。学校とは全然キャラ違うからさ。今のほうが可愛《かわい》いじゃん」

「んなっ……せ、先輩にそんなこと言われても嬉《うれ》しくないっす！　このドスケベ副会長！」

「ドスケベちゃうわ！　不名誉《ふめいよ》なあだ名をつけるな！」

「ドースケベ♪　あそれ、ドースケベ♪」

「公共の場で音頭《おんど》を取るのやめてくれないかなぁ⁉」

手拍子《てびょうし》しながら大声出すな。周りを見てみろよ。ゲーセンの客が蔑《さげす》むような目で俺たちを睨んでいるじゃないか。

しかし、注意しても田井中はドスケベ音頭を踊り続けた。この子、さては空気読めないアホだな？

「田井中。お前も変な目で見られるからやめろって」

「変なのは先輩だけっす。ウチは普通《ふつう》の女子中学生っす」

田井中は舌をべーっと出して「やーい、ドスケベ副会長ー！」と小馬鹿にしてきた。か、絡《から》み方ウゼぇ……。

「はぁ。生徒会で真面目に仕事をする田井中はどこへ行ってしまったんだ……」

ため息をつくと、田井中はつまらなそうに一言。

「あんなの、ウチじゃないっすもん」

……ウチじゃない？

意味がわからず、俺は首を傾《かし》げた。

「ウチじゃないってどういうこと？」

「……失礼しますっす！」

「え？　あ、ちょっと！」

田井中は荷物を持って走って逃《に》げてしまった。

結局、どうして田井中がキャラを使い分けているのか聞きそびれてしまった。

……そういえば、さっき田井中は「今のクラスに馴染めるかなぁ」と愚痴をこぼしていた。何か友人関係で悩《なや》みがあるのかもしれない。

「田井中にとって、ゲーセンは自分らしくいられる場所なのかもな」

だとしたら、悪いことをした。明日ちゃんと謝ろう。

なんとなくゲームをする気を失くした俺は、ゲーセンを後にした。


翌日、生徒会室前の廊下《ろうか》で田井中とばったり会った。

「あ……先輩、こんにちは」

田井中は気まずそうに会釈《えしやく》した。ゲーセンで踊っているときの明るい田井中ではない。

真面目な生徒会書記モードだ。

やっぱり、この子は笑顔のほうが似合う。

田井中の退屈《たいくつ》そうな顔を見てそう思った。

「こんにちは。なぁ田井中。昨日は——」

「先輩。昨日のことは内緒《ないしょ》です。誰にも言わないでください」

田井中はむすっとした顔を近づけて忠告してきた。

彼女の迫力《はくりょく》に負けた俺は首を縦に振った。

「わかったよ……でも、どうして？」

尋《たず》ねると、田井中は一瞬《いっしゅん》言い淀《よど》んで目を伏《ふ》せた。

「……友達と仲良くしたいから」

「えっ？　どういう意味？」

「詮索《せんさく》しないでください。先輩のドスケベ」

「だからドスケベ言うな！」

「そんな恥《は》ずかしい単語を大声で叫《さけ》ばないでくださいよ」

「昨日ドスケベ音頭を取っていたお前に言われたくない……って、おい！」

俺のツッコミを無視して、田井中は生徒会室に入っていった。

友達と仲良くしたい。田井中はそう言った。

彼女がキャラを使い分けている理由は、どうやら友人関係にあるらしい。悩んでいるのは明らかだ。

力になってあげたいけど、田井中は詮索《せんさく》されたくなさそうだし……もう少しだけ様子を見てみよう。

「……今日はおとなしく生徒会の仕事をするか」

歯痒《はがゆ》さを感じつつ、俺も生徒会室に入った。

週末になり、俺は駅前にやってきた。最近ハマったバトル漫画を購入《こうにゅう》するためである。

休日ということもあり、駅前は多くの人で賑わっていた。

そういえば、今日は近くでアイドルバンドのライブがあるんだっけ。混雑はその影響《えいきょう》かもしれない。

「たしか『きゃわわ5』とかいうバンド名だった気がする……」

独り言ち、T字路を曲がった。この道をまっすぐ行けば書店が見えてくる。

通りがかったカラオケ店から女子の団体が出てきた。見た目から察するに、俺と同年代だと思う。

「あっ……」

団体の中に田井中を見つけた。仲間の話に相づちを打ち、目を細めて笑っている。

なんだ。友達の前だと、ちゃんと笑顔でいられるじゃん――。

「あはは。それほんと？　ウケるねー……」

違う。全然笑顔じゃない。

ゲーセンで田井中が見せた笑顔はキラキラと輝いていた。見ているだけでこっちもウキウキするような、素敵《すてき》な笑顔だった。

でも、今の笑顔に輝きはない。無理してみんなに合わせているかのような、張りつけた表情だ。

それに口調も変だ。例の「～っす」という特徴的《とくちようてき》な語尾を使っていない。笑い方もおとなしすぎる。素の田井中なら、「なははっ！　マジっすか！　ウケるっす！」くらい言いそうなものだ。

ふと田井中の言葉が脳裏に浮かぶ。

『あーあ……ウチ、今のクラスに馴染めるかなぁ……』

『あんなの、ウチじゃないっすもん』

やっぱりそうだ。田井中は素の自分を隠《かく》すことで人間関係を円滑《えんかつ》にしている。

素の自分を隠して生活している田井中を見て、心がモヤモヤする。

何故そこまでするのか。

わからないけれど、これだけは言える。

素の田井中のほうが、俺《おれ》は好きだ。

すれ違うときに見た田井中の表情は、心底つまらなそうだった。


翌日の放課後。

生徒会室には俺と田井中の二人きり。いつものように余計なおしゃべりはせず、黙々と作業している。

窓の外から西日が差し込み、室内をオレンジ色に染めている。

長机を挟《はさ》んで対面に座る田井中を見た。まるで彫像《ちょうぞう》のように表情を変えない田井中が、陽の光に濡れて儚《はかな》く見える。

……二人きりなら、あの話をしてもいいだろう。

「田井中」

「なんですか?」

田井中は作業を止めず、書類に目を通しながら返事をした。

「昨日、駅前で田井中が友達と遊んでいるところ見たよ」

「そうですか。偶然《ぐうぜん》ですね」

「お前、笑ってたな」

「そりゃ私だって笑いますよ」

「ゲーセンで見た笑顔のほうが素敵だったぞ」

「なっ……！」

田井中はがばっと顔を上げた。

「先輩、それは言わない約束――」

「学校生活で素の自分をさらけ出せない理由でもあるの？」

「ど、どうしてそれを……」

「俺でよければ話聞くよ。相談できるの、学校じゃ俺くらいしかいないんだろ？」

そう言うと、田井中は目をぱちぱちと瞬《また》かせた。

「先輩。どうして私に優《やさ》しいんですか？」

「えっ……？」

そう言われると、返答に困る。

田井中には笑顔でいてほしいと思ったけど、それは優しくする理由にはなっていない。

「なんとなく……じゃダメ？」

絞《しぼ》りだした返事がそれだった。

田井中は、ぷっと噴《ふ》き出《だ》して笑った。

「なははっ！　なんとなく相談に乗るんすか!?　ひっ、暇人《ひまじん》じゃないっすか！　ウケるんすけどー！」

「悪かったな、暇人で！」

相談に乗ると言っている相手にこの仕打ち。まったく。相変わらず空気の読めないヤツめ。

でも……馬鹿笑《ばかわら》いしている素の田井中が見られてよかったかも。

「ウチの話、聞いても面白《おもしろ》くないっすよ？」

「かまわないよ。全部受け止めるから安心してくれ」

「先輩……心はイケメンなんすね」

まるで顔は残念みたいな言い方だった。こいつ、さては俺のこと尊敬してないな？

田井中は「なははっ」と笑い、身の上話を始めた。

「ウチ、昔から思ったことを言っちゃう性格でした」

「嘘《うそ》とかつけなそうだもんね、君」

「なはは、そうなんすよ。人の顔色を窺《うかが》って生きるの、すごく苦手っす。自分の価値観と感情に従って行動するっていうのがウチのモットーっすね」

「いいことじゃん」

「ウチもそう思ってたんすけど……そういう人って好かれないんすよ」

「あー……たしかに」

いついかなるときも、自分の思ったことを正直に言ったらどうなる？

きっと周囲との軋轢《あつれき》を生む。『空気の読めない子』というレッテルを貼《は》られて疎《うと》まれるだろう。

協調性を重んじる学校という場所で、田井中はさぞ生きにくい思いをしているに違いない。

「こんな性格だから、結構ウザがられるんすよね、ウチって」

「……何か言われたの？」

「小学生の頃、『樹里ちゃんは空気が読めないから遊びたくない！』って言われちゃって……よく仲間外れにされていたっす。だから、中学では周りに合わせようって思ったんすよ。で、生まれたキャラがいい子ちゃんの『田井中』さんっす。もう自分に正直な『樹里』ちゃんはやめたんすよ」

田井中は寂《さび》しそうに笑った。

どこか諦念《ていねん》を含《ふく》んだその表情を見ていると、キリキリと胸が痛む。

「おかげで友達はできたんすけど……学校生活が全然楽しくないっす」

「ウチ、どうしたらいいんすかね？　自分を偽《いつわ》って生きるの、窮屈《きゅうくつ》で辛《つら》いっす」

田井中は泣きそうな顔でそう尋ねた。

俺は素の田井中のほうが何倍も魅力的《みりょくてき》だと思う。できることなら、自分らしくいてほしいと願っている。

だけど、そんな無責任なことは言えない。田井中は散々悩んで今の生き方を選択《せんたく》したんだ。他人の押しつけがましい助言なんて、きっとこの子も望んでいない。

だから、俺は折衷案《せっちゅうあん》を出した。

できるだけ、田井中の心に寄《よ》り添《そ》えるように。

「俺は自分に正直だった頃の『樹里』のほうが魅力的だし、一緒《いっしょ》に仕事したら楽しいだろうなって思う。だから……せめてこの生徒会室だけでも素でいてくれないか？」

「生徒会室だけ……っすか？」

「うん。いきなり教室で素に戻るのは怖いだろ？　でも、俺の前では素でいてくれていい。田井中が『樹里』らしくいれる場所があったほうがいいよ、絶対」

「先輩……」

「俺は素の『樹里』でいてほしい。ウザくても、空気読めなくても、なんだかんだお前と一緒にいると楽しいから。少なくとも、俺と一緒にいるときは、ありのままの『樹里』でいてくれよ」

そう言うと、田井中は目に涙《なみだ》を溜《た》めた。

「ええっ!? な、泣くことないだろ！」

「すみませんっす。だって、すごく嬉しかった、から……っ！」

「……田井中？」

「みんなウチのこと仲間外れにして……ウチらしくいてほしいだなんて、誰も、言ってくれなかったからぁ……！」

えぐっ、えぐっ。

田井中の目元から涙があふれる。透明《とうめい》なその雫《しずく》は頬を優しくなぞり、心に溜まった毒を洗い流していく。

「そっか……俺の前では遠慮《えんりょ》しなくていいからな？」

「えぐっ……はいっす！『啓太』せんぱい！」

目元を拭《ぬぐ》い、田井中は「なははっ」と笑った。嫌《いや》なことすべてを消し飛ばしてしまうくらい快活な笑顔だ。

「これからは素のウチでいいんすね。啓太せんぱい、生徒会終わったら遊びに行きましょうっす！」

「早速《さっそく》だな。いいよ、ゲーセン？」

「そうっすね。その……い、一個だけお願いがあるんすけど」

「お願いって？」

「今からウチが言うこと、笑わないでほしいんすけど……」

田井中は顔を赤くしてもじもじし始めた。

「あの……一緒にプリ撮らないっすか？　友達ができた記念にほしくって……ど、どうっすか？」

照れくさそうにお願いする田井中が微笑《ほほえ》ましくて、俺は笑った。

「あぁー！　笑わないでって言ったのにー！」

「あははっ。悪い、悪い」

「もうっ！　啓太せんぱいのばか！　そういうとこっすよ、女子にモテないのは！」

「やめろ！　その悪口は思春期男子にはよく効く！」

「他の生徒会女子役員も『啓太くん？　ないない！』って言ってましたっす」

「その情報、俺に伝える必要あったのかなぁ⁉」

ちょっとは空気読め。明日俺はどんな顔して他の女子役員と会えばいいんだ……。

「お前はもう少し先輩を敬え。あと悪口はオブラートに包め」

「なははっ。それは無理なお願いっすねー」

田井中は口角を目いっぱい上げて、子どもみたいに笑った。

「だってウチ、啓太せんぱいの前では素の自分でいるって決めたんすもん！」

なんだよそれ。俺のことをボロクソ言っていいって意味じゃないっての。

……まぁいっか。

やっぱり、こっちの『樹里』のほうが俺は好きだ。

◆◇◆◇◆

「――仲良くなった経緯《けいい》はこんな感じですかね……雪菜先輩？」

話を終えると、雪菜先輩は何故《なぜ》か涙ぐんでいた。

「ぐすっ……いい話だったわ」

雪菜先輩が泣くことないのに。この人も素の自分は隠しがちだけど、心の優しい人だよなぁとつくづく思う。

「なははっ。そういうわけで、啓太せんぱいとは長い付き合いなんすよぉ、雪菜せんぱい」

そう言って、樹里は俺に抱《だ》きついてきた。樹里の柔《やわ》らかいおっぱいが俺の腕《うで》を優しく包み込む。

まるでマシュマロのような感触《かんしょく》だ。これが本当のパイ包み……って、おっぱいの感触を堪能《たんのう》している場合か！　雪菜先輩が嫉妬で荒《あら》ぶっちまうぞ！

おそるおそる雪菜先輩を見る。

あ、ヤバい。怒《いか》りで拳《こぶし》が震《ふる》えている。

「樹里ちゃん。私の下僕から離《はな》れなさい」

「いやっす。ウチのせんぱいっすから」

「離れなさい！」

「やだっす！」

二人はぎゃあぎゃあ騒《さわ》ぎ、揉《も》み合《あ》いになった。

いかん。このままだと喧嘩《けんか》になる。そうなれば、樹里がボコボコにされるのがオチだ。止めないと。

「雪菜せんぱい！　ちょ、本気になりすぎっす――きゃっ！」

俺が仲裁《ちゅうさい》に入る前に、樹里は可愛い悲鳴を漏《も》らして倒《たお》れた。

雪菜先輩はうつ伏《ぶ》せに倒れた樹里を見下ろし、目を妖《あや》しく光らせた。嫌な予感しかしない。

「樹里ちゃん。私の下僕を奪《うば》おうとした罰《ばつ》を与《あた》えるわ」

そう言って、雪菜先輩はうつ伏せになっている樹里の腰《こし》の上に乗った。

この状況《じょうきょう》で繰《く》り出される寝技《ねわざ》を俺は知っている。

相手の首から顎《あご》のあたりを掴《つか》んで上に引っ張り、相手の体を海老《えび》反りにする技《わざ》――キャメルクラッチだ。背中や首にダメージを与えるプロレス技である。

雪菜先輩は樹里に向かって両手を伸《の》ばした。

「樹里ちゃん。いい声で懺悔《ざんげ》なさい」

もにゅん。

雪菜先輩は顔を掴むことはせず、樹里のおっぱいを強めに揉んだ。

これは……キャメルクラッチじゃない？

「ひゃうん！　な、何するんすか⁉」

「対女子用の必殺技《フェイバリット・ホールド》よ……えいっ！」

雪菜先輩は樹里のおっぱいを揉んだまま上に引っ張り上げた。樹里の体は弓のようにしなっている。

あれはキャメルクラッチに似て非なる技。首元の代わりに胸を掴むスケベ奥義《おうぎ》……そう！　巨乳殺しの大技《おおわざ》！　キャメルクラッ乳《チチ》であるッ！

……かどうかは知らないが、たぶんしょうもない技である。アホくさ。

「いだだだっ！　雪菜せんぱい、背中が痛いっすよぅ！」

「本当の恐《おそ》ろしさはこれからよ」

もみもみ。

ぷるんぷるん。

雪菜先輩は樹里の乳を揉みしだいた。

「んにゃぁぁぁ！　ちょ、どこ揉んでるんすか、雪菜せんぱいっ！」

「あら。顔が赤いわよ。どうしたの？」

「それは雪菜せんぱいが、揉む、からぁ……っ！」

樹里は次第《しだい》に頬を赤くして呼吸を乱し始めた。

「あっ、あっ……雪菜せんぱい、そこはだめぇ……」

「どうしてダメなのかしら？」

「だって、そんなところ……よくなっちゃうっすよぅ……！」

「完全にメスの顔ね。啓太くんに見られているわよ？」

「だめぇ……恥ずかしいっすよぅ、啓太せんぱぁい……ぁっ！」

とろんとした目で俺を見る樹里。口は半開きで、唇《くちびる》は唾液《だえき》で濡れている。

「そろそろフィニッシュよ、樹里ちゃん」

雪菜先輩《せんぱい》の指が触手《しょくしゅ》のように蠢《うごめ》き、樹里の胸に絡みつく。弄《もてあそ》ばれた乳はスライムのように形を変えた。

「あっ、あっ……雪菜せんぱい、そんなに激しくしたらぁ……っ！」

びくん、と樹里の体が痙攣《けいれん》した。

切ない声と甘《あま》い吐息《といき》が室内に響《ひび》く中、俺は思う。人の部屋でスケベプロレスやるなよ。

目のやり場に困るだろうが……嘘です。本当は樹里のメス顔と胸から目が離せませんッ！

とはいえ、このままでは樹里がどうにかなってしまう。止めに入ったほうがよさそうだ。

「雪菜先輩。やり過ぎですよ」

俺が仲裁に入ると、雪菜先輩は満足気に樹里を解放して立ち上がった。まるでいい眺《なが》めだと言わんばかりに樹里を見下ろしている。

一方、樹里は切ない表情のまま、床《ゆか》に突っ伏している。雪菜先輩のゴッドハンド、おそるべし。

「雪菜先輩。どうしてこんなことしたんですか」

「樹里ちゃんが私の下僕に媚《こ》びを売るからよ」

「なんにせよ、今回はやりすぎです。あとで樹里に謝《あやま》ってください」

「どうして私が……」

「ダメです。謝って」

「わ、わかったわよ」

雪菜先輩は納得《なっとく》いってないらしく、むすっとした顔をしている。

「いい加減、樹里と仲良くしてください。あなたのほうが先輩でしょ？」

「それは……樹里ちゃんが悪いのよ。啓太くんと仲良しアピールしてくるから」

雪菜先輩はぷくっと頬をふくらませた。

「私のほうが啓太くんと仲良しだもん……一番の仲良しなんだもん……」

慌《あわ》てて「しゅ、主従関係的な意味でよ⁉」と付け足す雪菜先輩の顔は真っ赤だった。

……ちょっと叫んでもいいかな？

雪菜先輩可愛《かわい》いすぎだろぉぉぉぉ！

リスみたいに顔ふくらませてさぁ！　それだけでも可愛いのに「啓太くんの一番は私なんだからねっ」と言わんばかりのデレ！　聞きましたか、このアパートに暮らすみなさん！

難波《なんば》雪菜は俺と一番の仲良しじゃないと不貞腐《ふてくさ》れる、ワガママな女の子です！

え？　ただのめんどくさい女じゃないかって？

ばっか、お前！

そこが最高に可愛いんじゃねぇかよぉぉぉぉぉ！

……などと叫ぶと、キャメルクラッチの餌食《えじき》になる。俺はその場でニヤニヤするに止《とど》めた。

「な、何よそのにやけ顔。主人のことを小馬鹿《こばか》にして」

雪菜先輩は「ムカつく。蹴《け》るから」と言って、俺の足をげしげし蹴った。

「安心してください。俺は雪菜先輩と仲良しな下僕ですから」

「なっ、仲良し？」

「あれ？　違いましたか？」

「そ、そうね。違わないわ。私と啓太くんは契約《けいやく》で結ばれているものね」

雪菜先輩は得意気に胸を張って笑った。めちゃくちゃ嬉しそうだ。

これがあるから、雪菜先輩は憎《にく》めない。

「でも下僕って、要するに子分みたいなものっすよね？」

樹里はむくっと起き上がり、雪菜先輩に向き合った。

「えっ？　まぁ……そうなるのかしら？」

「ウチ、啓太せんぱいの後輩《こうはい》っすよ。それって子分よりも仲良しな関係性じゃないっすか？」

「ああっ⁉」

雪菜先輩は口をあんぐりと開けて「しまった」みたいな顔をしている。

「そ、そんなことないわ！　主従関係のほうが仲良しよ！」

「いーや！　先輩後輩《せんぱいこうはい》の関係のほうが仲良しっす！」

「主従関係！」

「先輩後輩！」

バチバチバチぃ！

二人の視線が激しくぶつかり合い、青白い火花が散る。

……ちょっとガチで叫んでもいいかな？

「俺の部屋で喧嘩しないでくれるかなぁ⁉」

「うるさい、下僕《げぼく》！」「黙《だま》っててくださいっす、せんぱい！」

二人は同時に振《ふ》り返《かえ》り、キッと俺を睨《にら》んだ。二人とも息ぴったりなのに、なんで仲悪いの……。

ふと雪菜先輩が樹里に寝技をかける場面が目に浮《う》かぶ。

はぁ……やっぱり仲裁しないとマズいよね？

嘆息《たんそく》しつつ、俺は二人の子どもみたいな争いを止めるのだった。

あとがき

DOKUZETSU SHOJO HA AMANOJAKU

こんにちは。上村夏樹《うえむらなつき》です。

このたびは「毒舌少女はあまのじゃく2～壁越しなら素直に好きって言えるもん！～」（略称「あまもん」）をお買い上げいただき、誠にありがとうございます。

二巻、楽しんでいただけましたでしょうか。

一巻は一話完結型のショートストーリーが多かったと思います。より読み応えのある物語になるように、二巻ではある程度各話に繋がりを持たせてあります（特に文化祭編）。笑って萌えて、ときどきエモい。そんな感じに仕上がっていたら嬉しいです。

また、書き下ろし番外編を前巻よりも一本多く収録いたしました。

これは打ち合わせの段階で「ＷＥＢ版『毒舌少女はあまのじゃく』の読者にも新しい物語を届けたい」という話をさせていただいたところ、快くＯＫを頂きましたので、書き下ろしを増やさせていただきました。

より多くの方に「あまもん」を楽しんでいただけますように。

今もそう願いながら、このあとがきを書いています。

以下謝辞を。

担当編集様。今回もたくさんご相談に乗っていただき、ありがとうございました。なお、口絵のイラストを拝見したとき、二十行を超える感想文をメールでお送りしましたが、ドン引きされていないか心配です。懲《こ》りずにお送りいたしますので、遠慮なくドン引きしていただければ幸いです。

イラスト担当のみれい様。今回も雪菜《ゆきな》先輩たちの可愛いイラストをありがとうございました。さすがに二十行も感想を書くとあとがきが埋まるので、ここでは控えさせていただきますが、特に飛鳥《あすか》のプリンセス姿が大好きです！

いつも応援してくださる皆様。購入報告や「二巻も楽しみです」「面白かった！」「焼き肉おごれ！」などの温かいコメントの数々、大変励みになります。焼肉はおごるので、家をおごってください。タワーマンションでかまいません。

そして読者の皆様に最大級の感謝を。

お読みいただき、ありがとうございました！

HJ文庫 http://www.hobbyjapan.co.jp/hjbunko/
904

毒舌少女はあまのじゃく 2
～壁越しなら素直に好きって言えるもん！～

2020年11月1日　初版発行

著者――上村夏樹

発行者―松下大介
発行所―株式会社ホビージャパン

〒151-0053
東京都渋谷区代々木2-15-8
電話　03(5304)7604（編集）
　　　03(5304)9112（営業）

印刷所――大日本印刷株式会社

装丁――AFTERGLOW／株式会社エストール

Printed in Japan

ISBN978-4-7986-2346-7　C0193

ファンレター、作品のご感想
お待ちしております

〒151－0053　東京都渋谷区代々木2－15－8
(株)ホビージャパン HJ文庫編集部 気付
上村夏樹 先生／みれい 先生